一笑

古龍自署

國際學術研討會

古龍武俠小說 領先時代半世紀

【記者賴素鈴／報導】江湖代有才人出，這廂古龍凋零二十載，那廂今朝懸賞百萬獎新秀，浪淘不盡，唯有武俠熱愛，不隨時間變易，在學術研討會上更見分明。以「一代鬼才：古龍與武俠小說」爲主題，淡江大學第九屆文學與美學國際學術研討會昨起在國家圖書館，展開爲期兩天的議程，紀念武俠小說家古龍逝世二十周年，新生代學者與古龍故舊齊聚一堂，以文論劍話武俠。

日前與淡大中文系教授林保淳共同發表《台灣武俠小說發展史》，武俠小說評論家葉洪生昨天在專題演講中，直批胡適1959年底發表「武俠小說下流論」是「胡說」，學界泰斗的不當發言以及隨即展開的「暴雨專案」，反而促成1960年起台灣武俠新秀的繁興，「武俠小說迷人的地方，恰恰在門道之上。」，葉洪生認定，武俠小說審美四原則在文筆、意構、雜學、原創性，他強調：「武俠小說，是一種『上流美』。」

集多年心血完成《台灣武俠小說發展史》，葉洪生認爲他已爲從十歲起迷上武俠小說的半世紀畫上完美句點，並且宣布他「以後決心退出武俠論壇，封劍退隱江湖」。

雖然葉洪生回顧武俠小說名家此起彼落，套太史公名言「固一世之雄也，而今安在哉？」，認爲這是值得深思的嚴肅課題，昨天意外現身研討會而備受矚目的溫世禮，則爲了紀念同是武俠迷的哥哥溫世仁，推出第一屆「溫世仁武俠小說百萬大賞」，即日起至今年10月3日截止收件，經兩階段評選後於明年12月7日公布首獎得主，預料將會是一場武林新秀的龍虎爭霸戰。

看明日誰領風騷？風雲時代出版社發行人陳曉林眼中的古龍，其實領先他的時代半世紀，以致如今雖然古龍逝世20年，陳曉林認爲大家對古龍的了解仍然有限，預言未來世代更能和古龍的後設風格共鳴。

昨天這場研討會，也凸顯武俠小說作爲一項文學研究門類，仍有待開發學習空間。多位與會者都指出，武俠小說的發表、出版方式和管道具考證難度，學術理論與論文格式的建立待加強。而武俠名家的版權之爭、市場競爭力，也增加出版推廣困難，古龍武俠小說的版權糾紛、司馬翎作品的版權官司也成爲研討會的場外話題。

與

武俠小說

第九屆文學與美
一代鬼才
古龍

古龍兄為人慷慨豪邁，跌蕩自如，變化多端，文如其人，且復多奇氣，惜英年早逝，余與古兄當年交好，且喜讀其書，今既不見其人，又無新作可讀，深自惋惜。

金庸

一九九六.十.十一香港

九月鷹飛

(上)

古龍精品集59

九月鷹飛（上）

目錄

【導讀推薦】

九月鷹飛：多變的懸念，人性的寓言

著名小說評論家及電影研究專家
陳　墨

風雲第一刀，絕技驚天下！

「小李飛刀，例不虛發」，更難得，「劍無情，人卻有情」！小李探花李尋歡，成了一代大俠，儼然人格神。

只可惜天下無不散的宴席，餘音尚嫋嫋，曲終人不見。

「後來呢？」

——無數的讀者，都想知道「後事如何」。

——想必當年定有不少讀者（當然也少不了書商）爲此對古龍窮追猛催、死纏不休。

——而古龍從來不會拒絕讀者的期望。更何況當年的古龍正處於創作的高峰期，才華橫溢、文思如湧，正如小李飛刀，例不虛發！

於是就有了《多情劍客無情劍》（一名《風雲第一刀》）的後傳：——《九月鷹飛》！

於是「小李飛刀」終於有了傳人：——「想不出名都不成」的葉開。

——「木葉的葉，開心的開」。

於是我們又可以再一次驚奇、再一次迷醉。

這是一部寓言小說

九月飛鷹，秋高氣爽，正是狩獵的最佳季節，哪裡有狐狸，那裡就有飛鷹；哪裡有飛鷹，那裡就有狐狸。狐狸和獵鷹、獵人和獵物，正如俠與盜、正與邪，是永恒的對立與永恒的衝突，當然也就有無窮無盡的故事。

這就是《九月鷹飛》的主題。

當然，這只是個寓言。

——這部小說名爲《九月鷹飛》，書中所寫的故事卻並非發生在九月；我們當然也看不到天上的飛鷹。

書中的故事，發生在遙遠的北方，在寒冷的季節。古龍喜歡寫北方，寫北方的冬天，寫北方冬天的寒風、冰雪、大地蕭瑟的情景。

《多情劍客無情劍》的開頭也是這樣。

也許這與浪子的情懷有關。只有經過冰霜風雪錘煉過的浪子，才懂得家的溫暖；而沒有家的浪子，又何日不在風霜冰雪中？更何況，寒冬臘月，臨近新年，該是回家團圓的時候；倘若有家難回或是無家可歸，那就不僅是要面對「枯藤、老樹、昏鴉」了。

也許北方的冬雪對古龍而言，是一種刺激想像與創造的興奮劑。正因爲生長於南方的古龍難得見雪，才對漫天飛雪、天寒地凍的北方的冬季充滿詩意想像，並且一往情深。想一想「西門吹雪」的瀟灑，以及「傅紅雪」的意象，足以讓人心醉神迷。

也許這只不過是一種純粹的巧合。但我要說，沒怎麼經歷北方嚴冬的古龍，對冰雪的描寫不僅投入了他天才的想像，更溶進了他無比熾熱的情感，和他對人生的深切體驗，從而創造出無比動人而又充滿哲理的美麗詩篇。

「屋簷下的冰柱如狼牙交錯，彷彿正等待著擇人而噬」；「密雲低壓，天地間竟似充滿了一種足以凍結一切生命的殺氣」。

——這樣的句子和段落，不再是通常的「環境」的描寫，而是主客交融、天人合一的「情境」的創造。這樣的段落就不僅是小說，而是散文，或是詩。

如是，我們就要涉及古龍小說的一種讀法：不僅要看，而且要品；不僅要品，而且要想；不僅要想，而且要體驗；不僅要體驗，而且要交流。——讀古龍的小說不能完全被動，更需要主動。

只有主動，才能與小說「互動」，才能與古龍「對話」。

因爲古龍不僅是用他的聰明腦袋進行創作，更是用他赤誠的心在與讀者交流。他不僅在寫故事，而且在寫他的情感，還在不斷地寫自己對生活與人生的感悟。

因爲古龍的小說創作中充滿了感性、流動性、悟性及才智的鮮活火花。預先的設計在古龍只是一個大致的構想，甚至只是一個影子；古龍小說的寫作過程可以說是對這一影子的追逐過程。各種奇思妙想都在這一過程中生發而出，因而：「美在過程中」。

情節出奇，充滿懸念

誰是狐狸？誰是獵鷹？

這又是一個問題。

古龍的小說融武俠、言情、偵探、推理和神秘等諸種小說元素於一體，獨具一格，形式出新，情節出奇，充滿懸念，更充滿變數。

《九月鷹飛》將這一變數進一步加以發揮，幾乎到了隨心所欲的地步，從而鬼神莫測。要猜測這部小說的情節發展？想都不要想！僅就這一點，它就與其他武俠小說作家的那種看頭知尾的作品分出了高下。

我們不妨舉幾個例子。

一是小說的開頭，我們以爲能看到一場童銅山與杜大眼兩方的決鬥——因爲書的開頭說的就是這個；結果呢？半路殺出程咬金。我們看到的只是「青城死士」的勸和——第一章的名目就是這個。這勸和有文勸又有武勸，文勸短，武勸長；不靠權威蓋世，也不靠武功超人；靠的是「我讓你殺，然後我也殺你」！兩場下來，人們不僅驚異這種邪門的武功，更驚異這種邪門的「勸架」方式——由這種邪門的武功和邪門的勸架方式組成的情節，誰能想到？然而「你殺人，你也必將被人所殺」這一寓言，你又不能不懂：不懂的人都被殺死了。

再一個例子，是魔教的鐵姑與心姑要利用「丁麟」扮成丁靈琳去殺葉開，結果那「葉開」恰恰是丁靈琳，而那扮成丁靈琳的「丁麟」又恰恰是真正的葉開！誰能想到？——我們以爲丁靈琳因爲嫉妒而對葉開恨得要死，但她其實與葉開兩心相通並愛得要命；——我們以爲丁靈琳與葉開之間再也不會有任何大衝突，但丁靈琳偏偏又被魔教所俘並真的刺了葉開一刀！

總之，你能想到的它偏偏不會發生，而你想不到的時候它卻又真的發生了。如此情節設計，足見古龍的想像力之豐富、驚人。

更多的例子，不妨讓讀者自己去看。

舉例太多反而會煞風景。

誰是狐狸？誰是獵鷹？只有看到最後我們才會真的知道。因爲狐狸未必在地，而獵鷹亦未必在天，他們都在同一個江湖世界中。

小李飛刀的傳人

從情節上說，古龍有意讓我們摸不著頭腦，我們以爲是狐狸的，或許正是獵鷹；我們以爲是獵鷹的，有可能是不折不扣的狐狸。我們若「相反猜」，卻又說不定狐狸還是狐狸，獵鷹也還是獵鷹！

從寓言層面看——我們說過「九月鷹飛」是個寓言——狐狸與獵鷹，有時並不像我們想像的那樣黑白分明。古龍所展示的不是一種簡單的道德童話遊戲，而是對人性深入的體察和描寫。

人的性格和人性本身都充滿變數，人生的處境更是充滿變數，古龍正是要寫出這種變數。有時人們在不知不覺中充當了狐狸，引得飛鷹追趕；而有時又會變成飛鷹，去追趕別的狐狸。

對此具體的情境，切不能進行簡單的道德判斷。這也正是古龍小說的難能可貴處，讀者朋友千萬不可輕易放過。

需要說明的是，古龍在描述人性的複雜面的時候，並沒有故意模糊正與邪之間的界線，更沒有泯滅大義。無論有多大的變數，也還有一個主導方向。有些人物雖經歷了許多挫折，甚至犯過很多難以挽回的錯誤，他們的俠義與忠貞並沒有改變；而另一些人物雖有其真情可愛的一面，有時對人也似有情有義，但這畢竟不能改變他們的邪惡本性。小說的結局，就是最好的說明：狐狸與獵鷹之寓說到底只不過是一個比喻而已，人的性格和命運比之要複雜得多。

古龍在其小說《天涯·明月·刀》中借人物燕南飛之口說：「（武林）第一個十年是沈浪的時代，第二個十年小李飛刀縱橫天下，第三個十年屬於葉開」（見該書《黑手的拇指》第一節）。可見古龍本人對葉開這一人物的重視態度。

首先當然因為葉開是大俠李尋歡的傳人。葉開不僅學會了例無虛發的小李飛刀，也學會了李尋歡用飛刀救人勝於用飛刀殺人的真正大俠精神。

其次也因為古龍對這一人物格外的偏愛。葉開的個性氣質比李尋歡更加灑脫不羈，更加開朗快樂——「木葉的葉，開心的開」最能說明問題——這實際上也正是古龍人生觀念的一種體現。

再次則是古龍在葉開形象的「求新求變」上花了很大的心血。

求新求變的寫法

在《多情劍客無情劍》中，李尋歡一開頭就出現了；而在《九月鷹飛》中，葉開卻等到情節展開後很長的時間才出乎意料地出現。李尋歡的出現雖帶有許多個人的秘密，但他的身世背景卻還是清楚明白的；葉開的出現本身就是一個謎，而他的身世背景是另一個謎——葉開的身世有許多難與人言的悲苦，這與作者的身世感懷有極密切的關係，作者的情感不自覺地在葉開身上流露。

李尋歡就是李尋歡，而葉開的第一次出現卻有兩個別名：林挺（這是他與西門十三交往時用的名字）和丁麟（外號「風郎君」，這是他闖江湖時所用的化名之一）。直到很久以後，我們才知道丁麟就是葉開。這不僅是「名」的不同，也包括實的不同。「實」的不同是，葉開用化名混跡江湖，是更徹底的浪子。有趣的是，葉開無論用什麼樣的化名，那個化名也會迅速地變得很出名。這裡固然有葉開（或古龍）的一種不自覺的自豪感在，更有一種深刻的「名實之辨」的道理。葉開之出名是實至而名歸，實有武功或德行，無論叫林挺、叫丁麟、叫葉開或叫其他的名字，當然都會出名。這對世界上的那些喜歡沽名釣譽者應是一個很好的警示：若無其實而空有其名，怎能長久、何益之有？

李尋歡的家世，「一門七進士，父子三探花」，是不折不扣的貴族，心靈高貴，行爲也有貴族氣質；葉開心靈高貴，行爲上卻要平民化得多。他可以醉酒、可以與土流氓打架、可以睡垃圾堆；可以穿戴整潔、也可以破衣爛衫；可以爲他人仗義、也可以將人生苦惱抛之腦後；可以痛苦，但更喜歡快樂；可以大義凜然，但也不時來一點陰謀詭計。魔教的鐵姑與心姑將他扮成丁靈琳，他居然將計就計，這是李尋歡做不到的，而葉開這麼幹卻似乎很正常。

李尋歡的人品、武功、德行與經歷都不知不覺地被神化了。不僅被作者所神化，而且也被讀者所神化。葉開的形象卻並非如此。至少是作者有意將他「人化」，將他寫成一個典型的浪子。葉開的登場就是一個例證：他與西門十三的結交是在歡場上，一出場就搶來一對姊妹花，其中固然有其隱秘的目的，但他不拘小節的作風卻一目了然。李尋歡爲林詩音痛苦得不能自拔，而葉開對丁靈琳卻要灑脫得多。

葉開的武功與智計在書中並沒有無往而不勝；他雖才智超群，卻也經常上當受騙並處於被動的地位，甚至被他人當成木偶。這不僅增加了小說情節的曲折性，也增加了人物形象的可信度。他畢竟不是神仙，只是一個有才華的年輕人，因而仍需要在險惡的江湖人生中歷練，積累經驗，豐富自己。《九月鷹飛》寫的也正是他的歷練和成長的過程。

對人性的深刻揭示

對作者與讀者而言，最重要的也許是，葉開比李尋歡活得要開心得多。葉開之名爲「開心的開」，這是作者精心設計的，讀者當然也覺得格外的親切，會自然而然地接受他、喜歡他、欣賞他。

除了葉開之外，《九月鷹飛》中還寫到了一大批形象鮮明的人物，如丁靈琳、上官小仙、飛狐楊天、錐子韓貞、郭定、呂迪以及衛天鵬（衛八太爺）等人。就連出場不多的一些次要人物如西門十三、崔玉真等人，往往也能給人留下深刻的印象。這些人物的特徵首先當然是非常奇特，因為奇特才會給人留下印象；但在這奇特的背後，卻又有古龍對人性的深刻的挖掘，往往能對讀者產生強烈的衝擊力。

如上官小仙的出場方式，肯定會將所有的讀者都震撼了。誰也不會想到古人的「大智若愚」會這樣演變成「扮豬吃老虎」的奇蹟，但這就是上官小仙！丁靈琳的一日兩嫁，看起來是那樣的不可思議，但這正是丁靈琳的獨特性格表現。

不過，在我們使用「性格」這個記號語時，希望不要用常規的概念來套古龍的筆下人物。古龍筆下的人物大都是鮮活的、充滿偶然性與多變性的；而不是某種死板的、靜態的性格理念的演繹。

這又牽涉到對古龍小說的讀法問題。古龍小說中當然有人物形象，但古龍小說創作的重點卻不在這裡，尤其不在於對人物性格進行傳統式的刻劃。——對人物形象和人物性格這兩個概念要作適當的區分，這在閱讀古龍小說過程中是很重要的。

古龍小說不太在意人物性格的設計與刻劃，退一步說，是因為他的小說十分注重情節的發展變化，有時難以顧及人物性格的完整性、系統性及其深化描寫。這可以說是一個缺陷。但在另一方面又可以進一步說，人物性格這個概念本身弄不好就會有些老化過時——至少對於古龍小說來說是如此。古龍的小說是在不斷發展變化的情節中，揭示人物的形象、氣質和心理的變數，他重視的是人物心理的多變性、可能性及其出人意料的藝術效果。

再進一步，古龍所追求的是對人性的深刻揭示。其方法是在對人物氣質的多變性及心理的可能性的描寫中，表現人性的複雜性和深刻性。人物性格是一個理性的概念，是老一代作家把握人物的一種有效的方式。但將人物用某種或某些固定的理性特徵概括出來，是否真的能夠解釋人性的豐富性與複雜性呢？對於古龍來說，這至少是一個問題。在這一點上，古龍的小說具有現代性的特徵，即打破傳統的理性主義的認知結構，並打破相對簡單化的性格描寫的文學傳統，在多變的假定情境中描寫人物形象及心理的多變性與豐富性。

嶄新的衡量標準

古龍筆下的人物，固然也有某種相對穩定的個性氣質，但他不願將這種個性氣質固定下來並當成一個僵化的模式。他更喜歡在具體的情境中描寫人物的不可揣測、也不可重複的心理或情感表現。人物的這種表現，不僅要以作家的想像力與創造性作爲動力，同時還要以作家對人性的認知作爲最根本的依據。有此動力和依據，古龍小說創作的「求新求變」的目標才能實現。

這一目標應決定我們的讀法：我們不應該將古龍筆下的人物當成一種「固體」（固定的性格）來讀，而應該將他們當成一種「流體」（一種可變並且多變的心理、情緒、氣質反映）來讀；即我們不應該將其人物當成一種「靜態」的對象來讀，而應該當成一種「動態」的對象來讀。——古龍筆下的人物往往會隨具體情境的發展變化，而具有不同的表現形態。

舉一個例子，小說中的一個次要人物西門十三，如果沒出師門，他的「性格」可能是一種樣子；出了師門而且認識到他的武功成就遠不像他所想像或希望的那樣突出，他的「性格」又會是另一種樣子。因爲他的心理發生了強烈的變化，從而在新的情境中，他的情緒與行爲品質都會發生極大的變化。所以他會以佔有他的朋友「丁麟」的情人的方式來自我平衡。這一細節不僅對我們理解西門十三這一人物十分重要，同時還有普遍的人性意義。

總之，古龍小說人物描寫的成就應當用新的標準來衡量，首先要用新的眼光來打量。具體成就如何，可以另當別論。

古龍的小說就像他筆下的許多人物，優點明顯，缺點也明顯。

《九月鷹飛》當然也不例外。往往是優點與缺點密不可分。

小說中出現了一大批「熟悉的陌生人」，如上官小仙、郭定、呂迪、尹夜哭等，這使讀者感到很親切。但作者對這批人的處理卻又太簡單化了一點，使他們變成了「陌生的熟人」——除上官小仙稍有變化外，郭定與前傳中的郭嵩陽、呂迪與呂鳳先、尹夜哭與尹哭怎麼看來都是大同小異。似乎「龍生龍、鳳生鳳」，多少有些概念化了。

小說一開頭對「青城死士」的描寫可謂神來之筆，將「墨家之俠」引入小說這一構想非常具有匠心。可是到後來卻有些虎頭蛇尾，墨家之俠不見了。墨五星（或墨九星）徒具其名，只是上官小仙的一個詭計。這一人物本應該真的出現，理由是他們既然能爲一場小規模的幫派之爭不惜以死相勸，那麼對於金錢幫、魔教的崛起並想吞併武林這樣的大事，又怎能袖手旁觀？更何況墨白已經被殘酷地殺害，臨死前還說「我的主人決不會饒過你們的」，但他的主人在哪裡呢？

小說的結尾將上官小仙寫成是魔教的四大天王之「孤峰天王」，這一筆確實出乎意料，令人稱絕。因爲大家都以爲呂迪是「孤峰天王」，誰也猜不到上官小仙頭上去。但這樣一來，不僅將紛繪複雜的江湖情勢簡單化了，甚至有將前面的整個情節解構的危險。

古龍畢竟是古龍

小說書名及其開頭將「九月鷹飛」這一巨大的審美意象鋪展開來，具有何等恢宏的氣勢與何等開闊的視野！但結尾時，青城死士白死，魔教一蹶不振，天下武林似乎都在沈睡，任憑上官小仙興風作浪、恣意妄爲，看似精妙，實則弄巧成拙、虎頭蛇尾了。

葉開沒有李尋歡那麼有名，《九月鷹飛》的成就也遠遠沒有《多情劍客無情劍》那樣突出，當然也是情有可原。這是因爲，後傳與續書往往總是無法與前書或正文相比。這甚至是世界文學史上一個普遍性的現象，也可以說是一個普遍性的難題。

前書或正傳之所以難以企及，是因爲它的原創性。作者在寫作時情感充沛，將想像力與創造性發揮到能力的極限，而且不受任何約束，可以天馬行空，自由馳騁。而讀者對原書的閱讀新鮮和驚奇印象也是不可重複的。

相比之下，後傳的寫作卻如「帶著鐐銬的跳舞」：既要與前書的情節、人物、風格等有所關聯（不然就不叫後傳了），又要在前書的基礎上出新與出奇（不然還有誰會看），這就讓人進退兩難。如此束縛之下，再加上又缺乏原創性的新鮮感和創作動力，作者的寫作在很大程度上技術操練的成分大於藝術創作的成分，又怎能創造出勝過原著的新作來呢？

因而，世界上的大多數文學名著的續書與後傳都難逃狗尾續貂之譏。

若這麼看，古龍的這部《九月鷹飛》就還算是秀出群倫的了。

這是因爲一九七三—一九七四年的古龍，正處於小說創作的巔峰期，大有小李飛刀的氣勢。雖後傳難爲，他仍能別開生面，寫出葉開這個人物、寫出《九月鷹飛》這樣精彩的故事、寫出「九月鷹飛」這樣的意境來，應該說成績不少。

更何況，別人寫後傳是吃力不討好，古龍卻是不太吃力而很能討好。

這不光是運氣問題。

而是因爲：古龍畢竟是古龍。

一 青城死士

晨。

久雪初晴，酷寒卻使得長街上的積雪都結成冰，屋簷下的冰柱如狼牙交錯，彷彿正等待著擇人而噬。

可是街上卻沒有人，家家戶戶的門窗，都緊緊的關著，密雲低壓，天地間竟似充滿了一種足以凍結一切生命的殺氣。

沒有風，連風都似已被凍死。

童銅山擁著貂裘，坐在長街盡頭處的一張虎皮交椅上，面對著這條死寂的長街，心裡覺得很滿意。

因爲他的命令已被徹底執行。

他已將這條長街闢爲戰場，不出半個時辰他就要以西城老杜火燙的血，來洗清這條街上冰冷的積雪。

在那一刻到來之前，若有一個人敢走上這條長街，他就要殺了這個人，若有一隻腳敢踏上這條長街，他就要砍斷這隻腳。

這是他的城市，無論誰都休想在他的地盤上插一腳，西城老杜也休想。

除了衛八太爺外，他絕不許任何人在他面前，擋住他的路。

數十條青衣勁裝的大漢，束手肅立在他身後。

他身旁卻還擺著兩張同樣的虎皮交椅，一個臉色慘白，滿面傲氣的年輕人，身上披著件價值千金的紫貂，懶洋洋的靠在左面一張椅子上，用小指勾著柄鑲著寶石的烏鞘長劍，不停的甩來甩去。

對他說來，這件事根本就很無聊，很無趣。

因爲他要殺的並不是西城老杜這種人，這種人還不配他出手。

右面的一個人年紀更輕，正在用一柄雪亮的雁翎刀，修自己的指甲。

他顯然盡量想作出從容鎮定的樣子來，但一張長滿了青春痘的臉，卻已因興奮而發紅。

童銅山很瞭解這年輕人的心情。

他自己第一次被衛八太爺派出來執行任務時，也同樣緊張的。

但是他也知道，這年輕人既然能在衛八太爺門下的十三太保中名列十二，手上的一柄雁翎刀，就必定不會令人失望。

衛八太爺門下的十三太保，徒手也沒有令人失望過。

緊閉著的屋子裡，忽然傳出一陣孩子的哭聲，劃破了天地間的寂靜。

哭聲剛響起，就停止，孩子的嘴顯然已被大人們堵住。

一條皮毛已脫落的老狗，夾著尾巴，從牆角的狗洞裡鑽出來，竄過長街。

那臉上長著青春痘的少年，看著這條狗竄到街心，眼睛裡彷彿帶著種很奇怪的表情，左手慢慢的伸入衣襟裡，突又很快的揮出。

刀光一閃，狗已被釘死在街心，恰巧貫穿了牠的咽喉，牠的血流過雪地時，也同樣是鮮紅的。

童銅山精神一振，脫口而讚，道：「好，十二弟好快的出手。」

這少年顯然也對自己的出手很滿意，傲然道：「童老大既然已傳令下去，無論是人是狗，只要敢闖到這裡來，我段十二都要他的命。」

童銅山仰面大笑，道：「有辛四弟和十二郎這樣的少年豪傑在這裡，莫說只有一個西城老杜，就算有十個，又何足懼？」

辛四卻冷冷道：「只怕今日還輪不到我來出手。」

他小指上勾著的長劍突然停止晃動，童銅山的笑聲也突然停頓。

古老而僻靜的長街另一頭，已有一行人很快的走了過來。

一行二十七、八個人，全都是黑短襖，紫腳褲，腳上薄底快靴，踏在冰雪上，「沙沙」的發響。

爲首的一個人濃眉大眼，滿面精悍之色，正是西城第一條好漢，「大眼」老杜。

看到了這個人，童銅山的臉立刻繃緊，連毛孔都似已收縮。

一個勁裝佩劍的少年，突然從後面竄出來，一步竄到他身後，扶劍而立。

只聽弓弦之聲急響，後面的數十條青衣大漢，一個個都已搭弓上弦，刀出鞘，嚴陣以待。

殺氣更濃，除了那一陣陣如刀鋒摩擦的腳步聲外，天地間再也聽不見別的聲音。

眼見對面這一行人已愈走愈近，誰知就在這時，街道旁一扇窄門突然被推開，十三、四個白衣人魚貫走了出來，迎上了西城老杜，其中一個人低聲說了兩句話，西城老杜竟一言不發，原地站住。

這一行白衣人卻向童銅山走了過來，童銅山這才看出他們身上，竟只穿著件白麻單衣，背後揹著捲草蓆，手上提著根短杖，赤足穿著草鞋。

在這種酷寒的天氣裡，這些人看來竟絲毫沒有寒冷畏縮之色，只不過手腳都已凍得發青，臉也是鐵青的，青中透白的臉上，竟全沒有表情，就像是死人的臉一樣，顯得說不出的詭秘可怕。

走過那死狗旁邊時，其中一人突然俯下身，解下背後的草蓆，捲起了這條死狗，用本來繫草蓆的長繩綑起，拴在木杖上，再大步追上他的同伴。

段十二的臉色已變了，左手又慢慢的伸入懷裡，似乎又要發刀。

童銅山卻用眼色止住了他，壓低聲音，道：「這些人看來都透著點古怪，我們不如先摸清他們的來意再說。」

段十二冷笑道：「就算他們現在看來有點古怪，變成死人後也不會有什麼古怪了。」

他嘴裡雖這麼說，畢竟還是沒有出手。

童銅山卻又沉聲喚道：「童揚。」

身後那勁裝佩劍的少年，立刻應聲道：「在。」

童銅山道：「等一等你先去估量估量他們的武功，一不對就趕緊回來，千萬莫死纏爛鬥。」

童揚的眼睛裡已發出了光，扶劍道：「弟子明白。」

只見剛才說話的那白衣人一擺手，一行人竟都在一丈外站住。

這人青慘慘的一張馬臉，雙眼狹長，顴骨高聳，一張大嘴不笑的時候都已將裂到耳下，裝束打扮雖然也跟別人完全沒什麼兩樣，但無論誰一眼就可看出，他必定是這些人之間的首領。

童銅山當然也已看出，一雙發亮的眼睛，正盯在這人身上，突然問道：「尊姓大名？」

這人道：「墨白。」

童銅山道：「哪裡來的？」

墨白道：「青城。」

童銅山道：「來幹什麼？」

墨白道：「但望能化干戈爲玉帛。」

童銅山突然縱聲長笑，道：「原來朋友是想來勸架的。」

墨白道：「正是。」

童銅山道：「這場架就憑你也能勸得了麼？」

墨白臉上還是全無表情，連話都不說了。

童揚早已躍躍欲試，此刻一個箭步竄出去，厲聲道：「要勸架也容易，只不過先得問問我手中這柄劍答不答應。」

他一反手，「嗆」的一聲，劍已出鞘。

墨白連看都沒有看他一眼，反而有個最瘦最小的白衣童子走了出來，竟是個十四、五歲的孩子。

童揚皺眉道：「你這小鬼來幹什麼？」

白衣童子的臉上居然也是冷冰冰的全無表情，淡淡道：「來問問你的這柄劍答不答應。」

童揚怒道：「就憑你？」

白衣童子道：「你是用劍的，我恰巧也是用劍的。」

童揚突然也縱聲狂笑，道：「好，我就先打發了你再說。」

笑聲中，他掌中的劍已毒蛇般刺出，直刺這白衣童子的心口。

白衣童子雙手一分，竟也從短棍中抽出了柄窄劍。

童揚一著「毒蛇吐信」刺過來，他居然不避不閃，連眼睛都沒有眨一眨。

只聽「哧」的一聲，童揚手裡的劍，已刺入了他的心口。

鮮血紅花般的飛濺而出時，他手裡的劍，竟也刺出一著「毒蛇吐信」，刺入了童揚的心口。

突然間，所有的動作全部停頓，連呼吸都似已完全停頓。

眨眼間這一戰已結束。

每個人的臉色都變了，幾乎不能相信世上真有這麼樣的人，真有這麼樣的事。

鮮血雨一般落下，霧一般消散。

雪地上已多了點點血花，鮮艷如紅梅。

白衣童子的臉上還是完全沒有表情，只不過一雙眼睛剛剛死魚般凸出，也還是在看著童揚，眼睛裡竟似還帶著極冷酷的譏誚之意。

童揚的臉卻已完全扭曲變形，眼睛裡更充滿了驚訝、憤怒、恐懼。

他死也不信世上竟真的有這種人，這種事。

他死也不相信。

他們竟這樣面面相對，站在那裡，突然間，兩個人的眼睛全都變得空洞無神。

然後兩個人竟全都倒了下去。

一個白衣人從後面慢慢的走出來，解下了背後的草蓆，抱起了死去的屍體，用繫草蓆的長繩綑住，拴在短杖上，又慢慢的走了回去。

他臉上也仍然冷冰冰的全無表情，就和他的同伴剛才捲起那條死狗時完全一樣。

狂風突起，從遠方吹過來，風中還帶著遠山上的冰碴子。

但童銅山身後的大漢們，卻只覺得全身在冒汗。

墨白凝視著童銅山，徐徐道：「閣下是否已肯化干戈爲玉帛？」

段十二突然衝出去，厲聲道：「你還得再問問我這柄刀。」

一個白衣人慢慢的從墨白身後走出來，道：「我來問。」

段十二道：「你也是用刀的？」

這白衣人道：「正是。」

他的手一分，果然從短杖中抽出了一柄刀。

段十二這才看出，他們手裡的短杖，有寬有窄，有圓有扁，裡面藏的兵器顯然都不同。

別人用的若是劍，他們就用劍來對付，別人用的若是刀，他們就也用刀。

段十二冷笑道：「好，你先看這一刀。」

他身形未轉，雁翎刀已帶著勁風，急削這白衣人的左肩。

白衣人居然也不避不閃，掌中刀也同樣以一著「立劈華山」，急削段十二的左肩。

但段十二的武功，卻顯然不是童揚所能比得上的，他招式明明已用老，突然懸崖勒馬，轉身錯步，刀鋒反轉，由八方藏刀式，突然變爲倒打金鐘，刀光如匹練般反撩白衣人的胸肋。

誰知白衣人竟也懸崖勒馬，由八方藏刀式，變爲倒打金鐘。

他出手雖慢了半著，但段十二若不變招，縱然能將對方立斃刀下，自己也萬萬避不開對方的這一刀。

白衣人不要命，他卻還是要命的。

他一刀削出時，已先防到了這一著，突然清嘯一聲，振臂而起，凌空翻身，揮刀急刺白衣人的左頸。

他這一著以上凌下，佔盡先機，白衣人全身都似已在他刀風籠罩下，非但無法變招，連閃避都無法閃避。

可怕的是，他根本也不想閃避。

段十二一刀砍在他左頸上時，他的刀也已刺入了段十二的小腹。

三尺長的刀鋒，竟全都刺了進去，只剩下一截刀柄。

段十二狂吼一聲，整個人竟像是施放火箭般，直竄上兩丈。

鮮血雨點般落下來，一點點全都落在這白衣人身上。

他的一身白衣突然間已被染紅，但臉上卻還是冷冰冰的全無表情，直等段十二的人從半空中跌下來，他才倒下去。

對他來說，死，就像是回家一樣，根本就不是件值得畏懼的事。

童銅山臉色已變了，霍然長身而起，厲聲道：「這算是什麼武功？」

墨白淡淡道：「這本就不能算什麼武功。」

童銅山怒道：「這算什麼？」

墨白道：「這只能算一點教訓。」

童銅山道：「教訓？」

墨白道：「這教訓告訴我們，你若一定要殺別人，別人也同樣能殺你。」

辛四突然冷笑道：「只怕未必。」

他還是用小指勾著劍上的絲縧，慢慢的走了出來，劍鞘拖在冰雪上，發出一陣陣刺耳的摩擦聲。

可是他慘白的臉上，卻似已有了光彩，眼睛裡也在發著光，冷冷道：「我若要殺你時，你就休想能殺得了我。」

一個白衣人淡淡道：「只怕未必。」

四個字說完，他的人已到了辛四面前，身手顯然比剛才兩人快得多。

辛四道：「未必？」

白衣人道：「無論多辛辣狠毒的劍法，都有人可破的。」

辛四道：「殺人的劍法，就無人能破。」

白衣人道：「有一種人。」

辛四道：「哪種人？」

白衣人道：「不怕死的人。」

辛四道：「你就是不怕死的人？」

白衣人道：「生有何歡，死有何懼？」

辛四冷笑道：「你活著就是爲了要準備死的？」

白衣人道：「是的。」

辛四道：「既然如此，我不如就成全了你。」

他的劍突然出鞘，眨眼間已刺出七劍，劍風如破竹，劍光如閃電，只見滿天劍影如花雨，令人根本就無法分辨他的出手方位。

白衣人也根本就不想分辨，也不想閃避，只是靜靜的站在那裡，靜靜的等著。

他根本早已準備要死的，對方的劍無論從什麼地方刺過來，他根本就不在乎。

辛四七劍刺出，這白衣人竟連動都沒有動，辛四的劍一發即收，七劍都被逼成了虛招，突然一滑步，也到了白衣人旁邊。

他已算準了這部位正是白衣人的死角，沒有人能在死角中出手。

他要殺這個人時，絕不給一點機會讓這個人殺他。

這一招刺出，虛招已變成實招，劍光閃電般刺向白衣人的背脊。

只聽「哧」的一聲，劍鋒已入肉。

他甚至可以感覺到劍鋒在摩擦著對方的骨頭。但就在這時，他赫然發現這一劍並沒有刺上對方背脊，卻刺上了對方的胸膛。

就在他招式已用老的那一刹那間，白衣人竟突然轉身，以胸膛迎上了他的劍鋒。

沒有人能想到這一著，無論誰也不會用自己的血肉之軀來抵擋劍鋒。

但這白衣人竟以他自己的人身做武器。

辛四的臉色變了，用力拔劍，劍鋒赫然已被對方的肋骨夾住。

他想撤手時，白衣人的劍已無聲無息的刺了過來，就像是個溫柔的少女，將一朵鮮花慢慢的插入瓶中一樣，將劍鋒慢慢的刺入了他的胸膛。

他甚至連痛苦都沒有感覺到，只覺得胸膛上一陣寒冷。

然後他整個人就突然全部冷卻。

鮮血紅花般地飛濺出來，他們面對面的站著，你看著我，我看著你。

白衣人臉上還是全無表情，辛四的臉上卻已因驚懼而扭曲變形。

他的劍法雖然比童揚高得多，出手雖然比童揚快得多，但結果卻是同樣的。

這一戰突然已結束。

童銅山霍然站起，臉上已全無血色。

他並不是沒有看過殺人，也不是沒有看過人被殺。

但他卻從未想到過，殺人竟是件如此慘烈，如此可怕的事。

殺人或被殺都同樣慘烈，同樣可怕。

他突然覺得想嘔吐。

了。」

墨白凝視著他，慢慢道：「你若要殺人，別人也同樣能殺你，這教訓你現在想必已經相信

童銅山慢慢的點了點頭，什麼話都沒有說，因爲他根本已無話可說。

墨白道：「似乎你也該明白，殺人和被殺往往會同樣痛苦。」

童銅山承認，他已不能不承認。

墨白道：「那麼你爲何還要殺人？」

童銅山雙眉緊皺，忽然道：「我只想明白，你們這麼樣做，究竟是爲了什麼？」

墨白道：「不爲什麼。」

童銅山道：「你們不是老杜找來的？」

墨白道：「不是，我既不認得你，也不認得他。」

童銅山道：「但你們卻不惜爲他而死？」

墨白道：「我們也不是爲他而死的，我們死，只不過是想要別人活著而已。」

他看了看血泊中的屍體，又道：「這三個人雖已死了，但卻至少有三十個人，可以因他們之死而活下去，何況，他們本來也不必死。」

童銅山吃驚的看著他，道：「你們真是從青城來的？」

墨白道：「你不信？」

童銅山實在不信，他只覺得這些人本該是從地獄中來的。

世上本不該有這種人。

墨白道：「你已答應？」

童銅山道：「答應什麼？」

墨白道：「化干戈爲玉帛。」

童銅山忽然嘆了口氣，道：「只可惜我就算答應也沒有用。」

墨白道：「爲什麼？」

童銅山道：「因爲還有個人他不會答應。」

墨白道：「誰？」

童銅山道：「衛八太爺。」

墨白道：「你不妨叫他來找我。」

童銅山道：「到哪裡去找？」

墨白冷淡的目光忽然凝望到遠方，過了很久，才慢慢道：「長安城裡，冷香園中的梅花，現在想必已開了……」

衛八太爺心情好的時候，也會像普通人一樣，微笑著，拍你的肩膀，說一些他自己認爲得意的笑話。

但他憤怒時，他就會變得和你認得的任何人都不一樣了。

他那張通常總是紅光滿面的臉，突然就會變得像是一頭飢餓而憤怒的獅子，眼睛裡也會射出一種獅子般凌厲而可怕的光芒。

他的人看來簡直已變成頭怒獅，隨時隨刻都會將任何一個觸怒他的人抓過來，撕成碎片，再一片片吞下去。

現在正是他憤怒的時候。

童銅山皺著眉頭，站在他面前，這威震一方的武林大豪，現在卻像是突然變成了隻羔羊，連氣都不敢喘。

衛八太爺用一雙佈滿紅絲的眼睛瞪著他，咬著牙道：「你說那婊子養的混蛋叫墨白？」

童銅山道：「是。」

衛八太爺道：「你說他是從青城來的？」

童銅山道：「是。」

衛八太爺道：「除此之外，你就什麼都不知道了。」

童銅山的頭彎得更低，道：「是。」

衛八太爺喉嚨裡發出怒獅般的低吼道：「那婊子養的殺了我兩個徒弟，你卻連他的來歷都不知道，你還有臉來見我，我肏死你親娘祖奶奶。」

他突然從椅子上站起，衝過來，一把揪住童銅山的衣襟，一下子就撕成兩半，接著又正正反反，給了童銅山十七、八個耳括子。

童銅山的嘴角已被打得不停的流血，但看來卻連一點憤怒痛苦的表情都沒有，反而好像覺得很歡喜，很安心。

因為他知道衛八太爺打得愈兇，罵得愈兇，就表示還將他當做自己人。

只要衛八太爺還將他當做自己人，他這條命就算撿回來了。

衛八太爺若是對他客客氣氣的，他今天就休想能站著走出這屋子。

十七、八個耳光打完，衛八太爺又給他肚子上添了一腳。

童銅山雖已被打得一臉血，一頭冷汗，卻還是乖乖的站在那裡，連動都不敢動。

衛八太爺總算喘了口氣，瞪著他怒吼道：「你知不知道小四子他們是去幫你殺人的？」

童銅山道：「知道。」

衛八太爺道：「現在他們已被人弄死，你反而活蹦亂跳的回來了，你算是個什麼東西？」

童銅山道：「我不是東西，可是我也不敢不回來。」

衛八太爺道：「你這個王八蛋，你不敢不回來？你難道不會夾著尾巴逃得遠遠的，也免得讓我老人家看著生氣。」

童銅山道：「我也知道你老人家會生氣，你老人家要打就打，要殺就殺，我都沒話說，但若要我背著你老人家逃走，我死也不肯。」

衛八太爺瞪著他，突然大笑，道：「好，有種。」

他伸手摟住了童銅山的肩，大笑道：「你們大家看著，這才是我的好兒子，你們全都該學學他，做錯事怕什麼？他奶奶的有誰這一輩子沒做錯過事，連我衛天鵬都做錯過事，何況別人。」

他一笑，大廳裡十來個人立刻全都鬆了口氣。

衛八太爺道：「你們有誰知道墨白那婊子養的是個什麼東西？」

這句話雖然是問大家的，但他的眼睛卻只盯在一個人身上。

這人白白的臉，留著兩撇小鬍子，看來很斯文，也很和氣。

不認得他的人，誰也看不出這斯斯文文的白面書生，就是衛八太爺門下第一號最可怕的人物，黑白兩道全都聞名喪膽的「鐵錐子」韓貞。

他這人的確像是鐵錐子，無論你有多硬的殼，他都能把你鑽出個大洞來。

但看起來，他卻絕對是個溫和友善的人，臉上總是帶著安詳的微笑，說話的聲音緩慢而穩定。

他確定了沒有別人回答這句話之後，才慢慢道：「多年前，有一家姓墨的人，爲了避禍而隱居到青城山，墨白也許就是這一家的人。」

衛天鵬又笑了，睥睨四顧，大笑道：「我早就說過，天下的事，這小子好像沒有一樣不知道的。」

韓貞微笑道：「但我卻也不知道他們究竟隱居在青城山裡的什麼地方，多年以來，從未有人找到他們的隱居處，只不過每隔三、五年，他們自己都要出山一次。」

衛天鵬道：「出來幹什麼？」

韓貞道：「管閒事。」

衛八太爺的臉又沉了下去，他一向不喜歡多管閒事的人。

韓貞道：「他們不能不管閒事，因爲他們自稱是墨翟的後代，墨家的弟子，本就不能做一個獨善其身的隱士。」

衛天鵬皺眉道：「墨翟又是個什麼東西？」

韓貞淡淡道：「他不是東西，是個人。」

衛天鵬反而笑了，敢在他面前頂撞他的人並不多。

就像是大多數被稱爲「太爺」的人一樣，他也喜歡有人來頂撞頂撞他。

韓貞道：「墨翟就是墨子，墨子的精神，就在於急人之難，甚至不惜摩頂放踵，赴湯蹈火的，所以墨家的弟子，絕不能做隱士，只能做義士。」

衛天鵬又沉下了臉，道：「難道墨白那王八蛋也是個義士？」

韓貞笑了笑，道：「義士也有很多種的。」

衛天鵬道：「哦？」

韓貞道：「有種義士，做的事看來雖光明堂皇，其實暗地裡卻別有企圖。」

衛天鵬道：「他就是這一種？」

韓貞道：「看來好像是的。」

衛天鵬道：「這種義士好對付。」

韓貞道：「怎麼對付？」

衛天鵬道：「宰一個少一個。」

韓貞道：「宰不得。」

衛天鵬道：「爲什麼宰不得？」

韓貞道：「義士就跟君子一樣，都宰不得的。」

衛天鵬居然大笑，道：「不錯，你若宰了他們，就一定會有人說你是個不仁不義的小人。」

韓貞道：「所以他們宰不得。」

衛天鵬瞪瞪眼道：「當然宰不得，誰說要宰他們，我就先宰了他。」

韓貞道：「何況，要宰他們也不是件容易事。」

衛天鵬道：「那王八蛋難道真的有兩下子？」

韓貞道：「他本身也許並不可怕，可怕的是他手下那些死士。」

衛天鵬道：「死士？死士是什麼意思。」

韓貞道：「死士的意思，就是說這些人隨時都在準備著爲他而死的。」

衛天鵬道：「那些人難道都不要命？」

韓貞點點頭道：「不要命的人，就是最可怕的人，不要命的武功，就是最可怕的武功。」

衛天鵬在等著他解釋。

韓貞道：「因爲你殺他一刀，他也同樣可以殺你一刀。」

衛天鵬顯然對這解釋還不滿意。

韓貞道：「你的出手縱然比他快，但你殺他時，他還是可以殺了你，因爲你一刀砍下，他根本就不想閃避，所以在你刀鋒砍在他肉裡那一瞬間，他已有足夠的時間殺你。」

衛天鵬突然走過去，用力一拍他肩頭，道：「說得好！說得有理。」

韓貞看著他，已明白他的意思。

不是仇人，就是朋友。

我若殺不了你，就交你這個朋友。

這不但是衛天鵬的原則，也是古往今來，所有武林大豪共同的原則。

對他們這種人來說，這原則無疑是絕對正確的。

韓貞道：「童老大說過，他們要到長安城去。」

衛天鵬慢慢的點了點頭，道：「聽說冷香園是個好地方，我也早就想去看看了。」

韓貞道：「冷香園佔地千畝，種著萬千梅花，現在正是梅花開得最艷的時候，所以……」

衛天鵬道：「所以怎麼樣？」

韓貞道：「墨白既然能到那裡去，我們爲什麼不能到那裡去？」

衛天鵬道：「咱們當然能去。」

韓貞道：「既然要去，不如就索性將那地方全包下來。」

衛天鵬道：「有理。」

韓貞道：「等墨白來了，我們就好好的請請他，讓他看看衛八太爺的場面，他若不是呆子，以後想必就不會跟我們作對了。」

衛天鵬道：「他是不是呆子？」

韓貞道：「當然不是。」

衛天鵬揚臉大笑，道：「好，好主意。」

長廊裡很安靜，廊外也種著梅花。

童銅山和韓貞慢慢的走在長廊上，他們本就是老朋友，卻已有多年不見了。

風很冷，冷風裡充滿了梅花的香氣。

童銅山忽然停下來，凝視著韓貞，道：「有件事我總覺得奇怪。」

韓貞道：「什麼事？」

童銅山道：「爲什麼只要你說出來的話，老頭子就認爲是好主意？」

韓貞笑了笑，道：「因爲那本就是他的主意，我只不過替他說出來而已。」

童銅山道：「既然是他的主意，爲什麼要你說出來？」

韓貞沉吟著，道：「你跟著老頭子已有多久？」

童銅山道：「也有十多年了。」

韓貞道：「你看他是個什麼樣的人？」

童銅山遲疑著，道：「你看呢？」

韓貞道：「我想你一定也認爲他是個很粗野，很暴躁，從來也不懂得用心機的人。」

童銅山道：「他難道不是？」

韓貞道：「昔年中原八傑，縱橫天下，大家都認爲最精明的是劉三爺，最厲害的是李七爺，最糊塗的就是衛八太爺。」

童銅山道：「我也聽說過。」

韓貞笑了笑，道：「但現在最精明的劉三爺，和最厲害的李七爺都已死了，最糊塗的衛八太爺卻還活著，而且過得很好。」

童銅山也笑了，他當然也已明白韓貞的意思。

只有會裝糊塗，也肯裝糊塗的人，才是真正最精明，最厲害的。

童銅山忽又嘆了口氣，道：「只可惜裝糊塗也不是件容易事。」

韓貞道：「的確不是。」

童銅山道：「看來你就不會裝糊塗。」

韓貞苦笑道：「現在我就算真的糊塗，也不能露出糊塗的樣子來。」

童銅山道：「爲什麼？」

韓貞道：「因爲糊塗人身旁，總得有個精明人的，現在我扮的就是這個精明人。」

童銅山道：「所以只要是你說出來的，老頭子就認爲是好主意。」

韓貞道：「就算後來發現那並不是好主意，錯的也是我，不是老頭子。」

童銅山道：「所以別人恨的也是你，不是老頭子。」

韓貞嘆了口氣，道：「所以你現在也已該明白，精明人爲什麼總是死得特別快了。」

童銅山忽然笑了笑，道：「但有種人一定死得比精明人還快。」

韓貞道：「哪種人？」

童銅山道：「跟老頭子作對的人。」

韓貞也笑了，道：「所以我一直都很同情這種人，他們要活著實在不容易。」

馮六慢慢的走過一條積雪的小徑，遠遠看過去，已可看見冷香園中那片燦爛如火焰的梅花。

「去把冷香園包下來，把本來住在那裡的客人趕出去，無論是活的，還是死的，全都趕出去。」

這是衛八太爺的命令，也正是衛八太爺發令的典型方法。

他只派你去做一件事，而且要你非成功不可。

至於你怎樣去做，他就完全不管了，這件事有多少困難，他更不管。

所有的困難，都要你自己去克服，你若不能克服，就根本不配做衛八太爺門下的弟子。

馮六正是受命而來的。

他一向是個謹慎的人，非常謹慎。

他已將所有可能發生的困難，全都仔細的想過一遍。

穿過這條積雪的小徑，就是冷香園的門房，當值的管事，通常都在門房裡，他希望這管事的是個聰明人。

聰明人都知道，衛八太爺的要求，是絕不容拒絕的。

冷香園今天當值的管事是三十多歲的中年人，看來雖不太聰明，卻也不笨。

「在下楊軒，公子無論是來賞花飲酒，還是想在這裡流連幾天，都只管吩咐。」

馮六的回答直接而簡短：「我們要將這裡全都包下來。」

楊軒顯得很意外，卻還是微笑著道：「這裡一共有二十一個院子，十四座樓，七間大廳，二十八間花廳，兩百多間客房，公子要全包下來？」

馮六道：「是的。」

楊軒沉吟著，道：「公子一共要來多少人？」

馮六道：「就算只來一個人，也要全包下來。」

楊軒沉下了臉，冷冷道：「那就得看來的是什麼人了。」

馮六道：「是衛八太爺。」

楊軒動容道：「衛八太爺，保定府的衛八太爺？」

馮六點點頭，心裡覺得很滿意，衛八太爺的名頭，畢竟是很少有人不知道的。

楊軒看著他，眼睛裡忽然露出種狡猾的笑意，說道：「衛八太爺的吩咐，在下本來不敢違背的，只不過……」

馮六道：「不過怎麼樣？」

楊軒道：「剛才也有位客官要將這地方包下來，而且出了一千兩銀子一天的高價，在下還沒有答應，現在若是答應了公子，怎麼去向那位客官交代？」

馮六皺了皺眉頭，道：「那個人在哪裡？」

楊軒沒有回答，目光卻從他肩頭上看了過去。

馮六回過身，就看見了一張青中透白，完全沒有表情的臉。

一個人就站在他身後的屋角裡，身上穿著件很單薄的白麻衣衫，背後揹著捲草蓆，手裡提著根短杖。

馮六剛才走進來時，並沒有看見這個人，現在這個人竟然也沒有看見他，一雙冰冰冷冷，完全沒有表情的眼睛，彷彿正在凝視著遠方。

這世上所有的一切人，一切事，好像都沒有被他看在眼裡。他關心的彷彿只是遠方虛無縹緲處一個虛無縹緲的地方。只有在那裡，他才能獲得真正的平靜安樂。

馮六只看了一眼，就轉回身。他已知道這個人是誰了，並不想看得太仔細，更不想跟這個人說話。他知道無論同這個人說什麼，都是件非常愚蠢的事。

楊軒的眼睛裡，還帶著那種狡猾的笑意。

馮六微笑道：「你是做生意的？」

楊軒道：「在下本就是個生意人。」

馮六道：「做生意是爲了什麼？」

楊軒笑道：「當然是爲了賺錢。」

馮六道：「好，我出一千五百兩銀子一天，再給你一千兩回扣。」

他知道和生意人談交易，遠比和一個不要命的人談交易容易得多。

在衛八太爺手下多年，他已學會了如何下正確的判斷和選擇。

楊軒顯然已被打動了，卻聽那白衣人冷冷道：「我出一千五百兩，再加這個。」

馮六只覺得身後突然有冷森森的刀風掠過，忍不住回過頭。

白衣人已從短杖裡抽出柄薄刀，反手一刀，竟在腿股間削下了一片血淋淋的肉，慢慢的放在桌上，臉上還是全無表情，竟似完全不覺得痛苦。

馮六看著他，已可感覺到眼角在不停的跳，過了很久，才深深道：「這價錢我也出得起。」

白衣人一雙冷漠空洞的眼睛，只看了他一眼，又凝視在遠方。

馮六慢慢的抽出柄短刀，也在自己腿股間割下了一片肉。他割得很慢，很仔細。他無論做什麼事，都一向很仔細。肉割下雖然很痛苦，但衛八太爺的命令若無法達成，就一定會更痛苦。這一次他的判斷和選擇也同樣正確，也許他根本就沒什麼選擇的餘地。

兩片血淋淋的肉放在桌上，楊軒的人已經軟了下去。

白衣人又看了馮六一眼，突然揮刀，割下了自己的一隻耳朵。

馮六只覺得自己的臂膀已僵硬，他割過別人的耳朵，當時只覺得有種殘酷的快意。但割自己的耳朵，就是另外一回事了。他本可揮刀殺了這白衣人，可是韓貞的話他也沒有忘記。

——你的出手縱然比他快，但你殺他時，他還是可以殺了你。

謹慎的人，大多數都珍惜自己的性命，馮六是個謹慎的人。他慢慢的抬起頭，割下了自己的耳朵，割得更慢，更仔細。

白衣人的肩上已被他自己的鮮血染紅，一雙冷漠空洞的眼睛裡，竟忽然露出種殘酷快意的表情，馮六的這隻耳朵，就好像是他割下來的一樣。

兩隻血淋淋的耳朵放在桌上，楊軒似已連站都站不住了。

白衣人望望馮六耳畔流下的鮮血，冷冷道：「這價錢你也出得起？」

他突然揮刀，向自己左腕上砍了下去。

馮六的心也已隨他這一刀沉下。就在這時，他忽然感覺到一陣風吹過，風中彷彿帶有種奇異的香氣。然後他就看見了一個人。

的。

一個女人。

一眼看過去，馮六只覺得自己從來也沒有看過這麼美麗的女人。她就像是被這陣風吹進來的。

白衣人看見她時，立刻就發覺自己握刀的手已被她托著。

她也正在微笑著，看著他，多麼溫柔而甜蜜，說話的聲音也同樣甜蜜：「刀砍在肉上，是會疼的。」

白衣人冷冷道：「這不是你的肉。」

這美麗的女人柔和道：「雖然不是我的肉，我也一樣會心疼。」

她春筍般的纖纖手指輕輕一拂，就好像在爲她的情人從瓶中摘下一朵鮮花。

白衣人就發覺自己手裡的刀，忽然已到了她的手裡。

百煉精鋼的快刀，薄而鋒利。

她十指纖纖，輕輕一拗，又彷彿在拗斷花枝，只聽「嘣」的一響，這柄百煉精鋼的快刀，竟已被她拗斷了一截。

「何況，這地方我早已包下來了，你們又何必爭來爭去？」

她嘴裡說著話，竟將拗斷的那一截鋼刀，用兩根手指拈起，放在嘴裡，慢慢的吞了下去。

然後她美麗的臉上就露出種滿意的表情，竟像是剛吞下一片美味的糖果一樣。

馮六怔住。他幾乎不能相信自己的眼睛，甚至連白衣人的眼睛裡也不禁露出了驚嚇之色。

世上怎麼可能有這麼奇怪的事，這麼可怕的武功？她難道就不怕刀鋒割爛她的腸胃。

這美麗的女人卻又將鋼刀拗下一塊，吞了下去，輕輕嘆了口氣，微笑著道：「這把刀倒真不錯，非但鋼質很好，煉得也很純，比我昨天吃的那把刀滋味好多了。」

馮六忍不住道：「你天天吃刀？」

這美麗的女人道：「吃得並不多，每天只吃三柄，刀劍也跟豬肉一樣，若是吃得太多了，腸胃會不舒服的。」

馮六直著眼睛，看著她。他很少在美麗的女人面前失態，但現在他已完全沒法子控制自己。

這美麗的女人看著他，又道：「像你手裡這把刀，就不太好吃了。」

馮六又忍不住問：「爲什麼？」

她笑了笑，淡淡道：「你這把刀以前殺的人太多了，血腥味太重。」

白衣人看著她，突然轉過頭，大步走了出去。他不怕死，可是要他將一柄鋼刀拗成一塊塊吞下去，他根本就做不到。沒有人能做得到，這根本就是件不可思議的事。

她又笑了笑，道：「看來他已不想跟我爭了，你呢？」

馮六不開口，他根本無法開口。

這美麗的女人道：「男子漢大丈夫，無論跟女人爭什麼，就算爭贏了，也不是件光榮的事，你說對不對？」

馮六終於嘆了口氣，道：「請教尊姓大名，在下回去也好交代。」

她也嘆了口氣，道：「我只不過是個丫頭，你問出我名字，也沒用的。」

這個風華絕代，美艷照人，武功更深不可測的女人，竟只不過是個丫頭。

她的主人又是個什麼樣的人物？

「你不妨回去轉告衛八太爺，就說這地方已被南海娘子包下來了，他老人家若是有空，隨時都可以請過來玩幾天。」

馮六道：「南海娘子？」

這美麗的女人點點頭，道：「南海娘子就是我的主人，你回去告訴衛八太爺，他一定知道的。」

二 南海娘子

衛八太爺愉快時和憤怒時，若是變為不同的兩個人，那麼他現在的樣子，就是第三個人了。從來也沒有人看見過他現在這麼樣緊張，這麼樣驚訝。甚至連他那張總是紅光滿面的臉，現在都已變成了鐵青色。

「南海娘子！難道她真的還沒有死？」

他握緊雙拳，聲音裡也充滿了緊張和驚訝，甚至還彷彿帶有種說不出的恐懼。

沒有人敢出聲。誰也想不到這世上居然還有使衛八太爺緊張恐懼的人。

衛天鵬突又瞪起眼睛，大聲道：「你們知不知道南海娘子是什麼人？」

這句話他雖然是問大家的，但眼睛卻還是盯在韓貞一個人身上。但這次卻連韓貞也沒有開口。

衛天鵬已衝過來，一把揪住他衣襟，厲聲道：「你連南海娘子都不知道，你還知道什麼？」

韓貞的臉忽然也變得像是那些白衣人一樣，完全沒有表情，一雙眼睛也彷彿在凝視著遠方。

衛天鵬瞪著他，臉上的怒容似在漸漸退了，抓住他衣襟的手也漸漸鬆開，忽然長長嘆了口氣，道：「這也不能怪你，你年紀還輕，南海娘子顛倒眾生，縱橫天下時，你只怕還沒有生出來。」

他忽又挺起胸，大聲道：「但我卻見過她，普天之下，親眼看見她真面目的，除了我衛天鵬之外，絕不會再有第二個人。」

他臉上又開始發出了紅光，能親眼見到南海娘子的真面目，竟好像是件非常值得驕傲的事。每個人心裡都想問：「這南海娘子究竟是什麼人？長得究竟是什麼樣子？」

這句話當然並沒有人敢真的問出來，在衛八太爺面前，無論任何人都只能回答，不能發問，衛八太爺一向不喜歡多嘴的人。世上又有誰喜歡多嘴的人？

衛天鵬突又大聲道：「南海娘子就是千面觀音，這意思就是說，她不但有千手千眼，還有一千張不同的臉。」

他忽然問馮六：「你遇見的那個女人，長得什麼樣子？」

馮六道：「長得好像還不錯。」

衛天鵬道：「是長得不錯？還是非常漂亮。」

馮六垂下頭道：「是非常漂亮！」

衛天鵬道：「她看起來有多大年紀？」

馮六的頭垂得更低，他忽然發現自己竟沒有看出那女人的年紀。他第一眼看見她時，只覺得她雖然還很年輕，但至少也有二十五、六。後來聽見她說話，他又覺得她好像只不過是個十五、六歲的小姑娘。但當他又看了她兩眼時，就發現她眼角似已有了皺紋，應該已有三十多了。現在想起來，她以手拗鋼刀，口吞刀鋒那種功夫，若沒有練過四、五十年苦功，又怎會有那麼深的火候？

衛天鵬道：「你看不出她有多大年紀？」

馮六垂下頭，垂得更低。

衛天鵬突然一拍巴掌，道：「這女人很可能就是千手觀音。」

馮六忍不住道：「她退隱若已有三、四十年，現在豈非已應該是個老太婆？」

衛天鵬笑道：「她十七、八歲時，就有人認爲她是個老太婆，過了二、三十年後，卻又有人說她只不過是個小姑娘。」

馮六怔住，他實在想不通。

衛天鵬道：「這個人化身千百，你看見過的任何一個人，都可能是她改扮的，據說有一次少林普法大師在泰山講經，聽經的人，其中還有幾位是普法大師的老朋友，聽了兩天兩夜後，忽然又有個普法大師來了，於是這才有人知道，先前講經的那普法大師，竟是南海娘子。」

這種事簡直像是神話，幾乎沒有人能相信，但每個人都也知道，衛八太爺是從不說謊的。

衛天鵬道：「無論誰只要看過南海娘子的真面目一眼，都必死無疑，所以就算在她聲名最盛時，也沒有人知道她是個什麼樣的人，只有我知道……只有我知道……」

他聲音愈說愈低，臉上忽然露出種很奇怪的表情，過了很久，才深深道：「她接放暗器和小巧擒拿的功夫，在當時已沒有人能比得上，易容術之精妙，更是前無古人，後無來者，但就在她聲名最盛時，卻忽然失蹤了，誰也不知道是爲了什麼？更不知道她去了哪裡？這三十年來，江湖中從來也沒有人真聽到過她的消息，連我都沒有聽到。」

大家面面相覷，更不敢說話。現在每個人都已看出來，衛八太爺和南海娘子之間，必定有種神秘而不同尋常的關係。但大家心裡卻更好奇。

「這南海娘子既然已失蹤了三十年，爲什麼又突然出現了呢？」

也不知過了多久，衛天鵬突然大聲道：「老么，你過來。」

一個穿著銀狐坎肩，長身玉立的少年，應聲走了出來。

他的衣著很華麗，剪裁得也非常合身，一張非常漂亮的臉上，不笑時也彷彿帶著三分笑意，看來顯然很討女人喜歡，只不過眼睛裡帶有些紅絲，經常顯得有點睡眠不足的樣子。

也許每一個能討女人歡心的少年，都難免有點睡眠不足的。

這少年也正是衛八太爺門下十三太保中的老么，「粉郎君」西門十三。

衛天鵬用一股刀鋒般的眼睛盯著他，過了很久，才冷冷道：「八月中秋的那天晚上，你是不是交了一個叫林挺的朋友？」

西門十三彷彿有點吃驚，卻終於還是垂頭承認：「是的。」

衛天鵬道：「自從你跟那婊子養的搭上了之後，這四個月來，你做了些什麼？」

西門十三的臉突然漲紅，似已連話都說不出來。

衛天鵬冷笑道：「我也知道你不敢說，好，韓貞，你替他說。」

韓貞想也不想，立刻就慢慢的說：「八月二十的那天晚上，他們到官庫那裡借了三萬兩銀子。三十那天，他又去借了一次。」

衛天鵬冷笑道：「十天就花了三萬兩，這兩個王八蛋出手倒大方。」

韓貞又接著說下去：「九月初六晚上，他們在醉中和從關外來的崑崙子弟爭風，當時雖然忍了口氣，但等到崑崙三俠知道他們的來歷，連夜逃走了之後，他們卻追出八十里，將崑崙三俠殺得一個不留。」

衛八太爺冷冷道：「看來崑崙門下的弟子，自從龍道人死了後，就一代不如一代了。」

韓貞道：「殺了人之後，他們的興致反而更高，竟乘著酒興，闖入石家莊，將一雙才十四歲的孿生姐妹架出來，陪了他們一天一夜。」

聽到這裡，西門十三的眼睛裡已露出乞憐之色，不停的慢慢向韓貞打眼色。

但韓貞卻像是沒有看見，接著又道：「從此之後，他們的膽子更大了，九月十三那天……」

西門十三不等他再說下去，已「噗」的跪了下來，直挺挺的跪在衛八太爺面前，他用手撕開了自己的衣襟，道：「弟子錯了，你老人家殺了我吧。」

衛天鵬瞪著他，瞪了半天，突然大笑，道：「好，有種！大丈夫敢做敢當，殺幾個不成材的小伙子，玩幾個生得美的小姑娘，他娘的算得了什麼？」

西門十三吃驚的張大了眼睛，道：「你老人家不怪我？」

衛天鵬道：「我怪你什麼？那兩個小姑娘若是不喜歡你難道不會一頭撞死，爲什麼要陪你一天一夜？若是喜歡你，又有誰管得著？小姑娘看上了小伙子，本就是天經地義的事，連天王老子都管不著。」

西門十三忍不住笑了，道：「回稟你老人家，她們前幾天還偷偷的來找過我。」

衛天鵬又大笑，道：「男子漢活在世上，就得要有膽子殺人，有本事勾引小姑娘，否則還不如一頭撞死算了。」

他笑聲突然停頓，瞪著西門十三，道：「我既然不怪你，你知不知道我叫你出來幹什麼？」

西門十三道：「不知道。」

衛天鵬道：「你知不知道那婊子養的林挺，本來是什麼人？」

西門十三道：「不知道。」

衛天鵬突然飛起一腳，將他踢得滾出去一丈開外，又追過去，一把揪住他的頭髮，把他整個人都提了起來，正正反反，給了他十七、八個耳括子，然後才問道：「你知不知道我爲什麼要打你？」

西門十三吃吃道：「不……不知道！」

他的確不知道，他簡直已被打得怔住了。

衛天鵬厲聲道：「男子漢大丈夫，殺人放火都算不了什麼，但若連自己的朋友是什麼人都不知道，那才真是個活混蛋，砍頭一百次都不嫌多。」

這句話剛說完，忽然間人影一閃，西門十三旁邊已多了一個人。大廳裡二、三十雙眼睛，竟全都沒有看清這個人是從什麼地方來的。燈光照耀下，只見這個人白白淨淨一張臉，瘦瘦高高的身材，長得很秀氣，態度也很斯文，神情間還彷彿帶著幾分小姑娘的羞澀。可是他倏忽而來，落地無聲，輕功之高，連十三太保中都沒有一個人能比得上。

他身子一站穩，就長揖到地，道：「晚輩丁麟，特來拜見八太爺。」

衛天鵬瞪著他，厲聲道：「你居然敢來？」

丁麟道：「晚輩不敢不來。」

衛天鵬突然大笑，道：「好，有種，我老人家就喜歡你們這些有種的小伙子。」

他放開了西門十三，又道：「你這混蛋現在應該明白了吧，林挺就是丁麟，你能交得到他這種朋友，造化總算不錯。」

西門十三吃驚的看著他的朋友，每個人都在看著他這個朋友。

丁麟這名字，每個人都聽見過的，但卻沒有人能想得到，這斯斯文文，像小姑娘一樣的少年，居然就是武林後起一代高手中，輕功最高的「風郎君」丁麟。

——除了韓貞和衛八太爺外，的確沒有別人能想得到。

丁麟的臉卻已紅了。

衛天鵬道：「我揍這小混蛋，爲的就是要把你扯出來。」

丁麟紅著臉道：「卻不知前輩有何吩咐？」

衛天鵬道：「我有件事要你替我去做，這件事非要你去做不可。」

他的表情忽又變得嚴肅，接著道：「可是我也不想要你去送死，所以，我還想看看你的輕功究竟怎麼樣？」

丁麟遲疑著，他的肩沒有聳，臂沒有舉，彷彿連指尖都沒有動，但就在這時，他的人已忽然像燕子般飛了起來，又像是一陣風似的，從眾人的頭頂上吹過。等到這陣風吹回來的時候，他的人竟又好好的站在原來的地方，手裡卻又多了盞燈籠。這盞燈籠本來是高懸在屋外一根竹竿上的，這竹竿至少有三丈多高，距離他站著的地方，至少有五、六丈遠。

可是他倏忽來去，連氣都沒有喘。

衛天鵬拊掌大笑，道：「好，別人都說『風郎君』輕功之高，已可名列在天下五大高手之中，今日一見，果然名不虛傳。」

他用力拍著丁麟的肩，又道：「你這樣的輕功，盡可去得了。」

丁麟忍不住問道：「到哪裡去？」

衛天鵬道：「到冷香園去，看看那南海娘子究竟是真是假？」

丁麟的臉色突然蒼白。

衛天鵬道：「你知道南海娘子？」

丁麟點點頭。

衛天鵬道：「你也知道她的厲害？」

丁麟又點點頭。

衛天鵬又盯著他看了半天，突又問道：「你師父是什麼人？」

丁麟遲疑著，忽然走上兩步，在他耳旁輕輕說了個名字。

衛天鵬立刻動容，道：「這就難怪你知道了，昔年天山一戰，你師父也曾領教過她的手段。」

丁麟道：「家師常說，南海娘子的輕功與暗器，天下無人能及，晚輩只怕……」

衛天鵬道：「你只怕去得了，回不來？」

丁麟紅著臉，道：「晚輩雖不敢妄自菲薄，卻還有點自知之明。」

衛天鵬道：「但有件事卻是你不知道的。」

丁麟道：「請教。」

衛天鵬道：「南海娘子爲了要駐顏長生，練了種很邪門的內功，但也不知爲了什麼，卻沒有練好，所以一到子正時，真氣就會突然走岔，至少有半盞茶的時候，全身僵木，連動都不能動。」

丁麟靜靜的聽著。

衛天鵬道：「可是她的行蹤素來很隱秘，真氣走岔的這一刻，時刻又非常短，所以雖然有人知道她這唯一的弱點，也不敢去找她的。」

他慢慢的接著道：「現在我們既已知道她這幾天必定在冷香園，你的輕功又如此高明，只要能找得到她的練功處，就不妨在子正那一刻，想法子進去揭開她的面具來……」

丁麟忍不住道：「面具？什麼面具？」

衛天鵬道：「她平時臉上總是戴著個面具的，因爲她沒有易容改扮時，也從不願以真面目示人。」

丁麟道：「既然沒有人見過她的真面目，晚輩縱然能揭開她的面具，也同樣分不出她是真是假？」

衛天鵬道：「我見過她的真面目，她臉上有個很特別的標記，你只要能看見，就一定能認出來。」

丁麟道：「什麼標記？」

衛天鵬也突然俯身，在他耳旁說了兩句話。

丁麟的臉色變了變，又遲疑了很久，才試探著道：「前輩既然見過她的真面目，想必是她的朋友，爲什麼不自己去看看她是真是假？」

衛天鵬面上突又現出怒容，厲聲道：「我叫你去，你就得去，別的事你最好少管。」

丁麟不說話了，衛八太爺盛怒時，沒有人敢說話。

衛天鵬瞪著他，厲聲道：「你去不去？」

丁麟嘆了口氣，道：「晚輩既然已知道了這秘密，想不去只怕也不行了。」

衛天鵬突又大笑，道：「好，你果然是個聰明人，我老人家一向喜歡聰明人……」

他用力拍著丁麟的肩，又道：「只要你去，別的無論什麼事，我都答應。」

丁麟忽然也笑了笑，道：「現在晚輩只想求前輩答應一件事。」

衛天鵬道：「什麼事？」

丁麟道：「晚輩想打一個人。」

衛天鵬道：「你要打誰？」

韓貞忽然嘆了口氣，道：「我。」

丁麟果然已轉過身，慢慢的走到他面前，微笑著道：「不錯，我的確是想打你。」

他笑得還是很溫柔，很害羞的樣子，可是他的手卻已突然揮出，一拳打在韓貞的鼻梁上。

韓貞整個身子已被打得飛了出去。

丁麟這才轉回身，向衛八太爺一揖到地，微笑著道：「晚輩這就到冷香園去，五天之內，必有消息。」

「消息」兩個字說出來，他的人已不見了。

衛天鵬居然也嘆了一口氣，喃喃道：「這一代的年輕人，好像比我們那一代還不是東西，這倒真是要命的事……」

三　攝魂大法

高牆，寒夜。

高牆下的角門裡，忽然有一個人慢慢的走出來，非常英俊的一張臉，已被打腫了半邊。正是那風流成性的西門十三。

他一走出這條巷子，就有輛雪亮的黑漆馬車，急馳而來，驟然在他身旁停下。

車門一開，他就跳了進去，車廂裡已有一杯酒在等著他。

一杯溫得恰到好處的陳年女兒紅，一雙比女兒紅更醉人的姐妹花。

姐姐看起來，就好像是妹妹的影子，妹妹雖嬌憨，姐姐更動人。

一個少年人擁著貂裘，端著金杯，懶洋洋的倚在姐姐懷裡，卻將妹妹推給了西門十三，笑道：「這小子今天挨了揍，你趕快好好的安慰安慰他。」

妹妹已在輕吻著西門十三被打腫了的那半邊臉。

馬車又急馳而去，馳向長安。

寒風如刀，已是歲末，車廂裡卻溫暖如春天。

子。

西門十三一口氣喝下那杯酒，才看了那坐擁貂裘的少年一眼，道：「你知道我會來？」

這少年人當然就是丁麟，只不過現在看來卻已不像是剛才那個人了。

剛才那個丁麟，是個很斯文，很害羞的少年，現在這個丁麟，卻是個放蕩不羈的風流浪子。

他的眼角瞟著西門十三，懶洋洋的笑著，道：「我當然知道，那老王八蛋不叫你來等我的消息，還能叫誰來？」

西門十三也笑了，道：「你既然很有種，剛才爲什麼不敢當著他的面，罵他老王八蛋？爲什麼要裝成那種龜孫子的樣子？」

丁麟淡淡道：「因爲我怕你這龜孫子的臉被他打成爛柿子。」

姐姐、妹妹都吃吃的笑了。

她們的年紀都不大，可是看她們身材，就算是瞎子，也看得出她們都已不再是孩子。

西門十三又笑道：「不管怎麼說，你剛才揍韓貞，揍得真痛快。」

丁麟道：「其實我不該揍他的。」

西門十三道：「爲什麼？」

丁麟道：「因爲他說的話，全都是那老王八蛋叫他說的，他只不過是個活傀儡而已。」

他冷笑了一聲，又道：「那王八蛋其實是個老狐狸，卻偏偏要裝成老虎的樣子，只可惜他能瞞得過別人卻瞞不過我。」

西門十三嘆了口氣，道：「難怪老頭子說你厲害，他果然沒有看錯。」

丁麟冷冷道：「這一代的年輕人，能在江湖中成名的，有哪個不厲害，真正厲害的，他只怕還沒有看見哩。」

西門十三道：「江湖中難道還有像你這麼厲害的人？」

丁麟道：「像我這樣的人，至少還有十來個，只有你們這些龜孫子，整天躲在老頭子的褲襠裡，外面的天有多高，地有多厚，你們連影子都摸不到。」

他冷笑著，又道：「我看你們十三太保，是吃得太飽了，所以撐得頭暈腦漲，老頭子放個屁，你們都以爲是香的。」

西門十三非但沒有生氣，反而嘆了口氣，苦笑道：「近來我們的確吃得太飽，日子也過得太舒服了，所以一出了事，就死了兩個。」

丁麟道：「在你看來，那也算是件大事？」

西門十三道：「雖然不大，也不太小，至少連老頭子都已準備爲這件事出手了。」

丁麟道：「哦？」

西門十三道：「就因爲他已準備出手，所以才找你到冷香園去探聽消息。」

丁麟道：「你以爲他真是爲了對付墨白，才想到冷香園去的？」

西門十三道：「難道不是？」

丁麟道：「就算根本沒有墨白這個人，我保證他還是一樣要到冷香園去。」

西門十三目光閃動，道：「就算他不找你，你也是一樣要去探聽南海娘子的行蹤？」

丁麟道：「一點也不錯。」

西門十三道：「你們是爲了什麼呢？」

丁麟道：「是爲了另外一件事，那才是真正的大事。」

西門十三的眼睛亮了，道：「南海娘子莫非也是爲了這件事才來的？」

丁麟嘆了口氣，道：「你總算已變得聰明了些。」

西門十三道：「這件事不但能令老頭子找你出手，而且還把已經失蹤了三十年的南海娘子驚動出來，看來倒真是件大事。」

他的臉已由興奮而發紅，他顯然也是個不甘寂寞的少年。

丁麟的眼睛也在發光，道：「除了你所知道的這些人外，據我所知，五天之內，至少還有六、七個人要趕到冷香園去。」

西門十三道：「六、七個什麼樣的人？」

丁麟道：「當然都是很有兩下子的人。」

西門十三道：「他們也都知道老頭子這次已準備出手？」

丁麟淡淡道：「這些人年紀雖然都不大，但卻未必會將你們的老頭子看在眼裡。」

西門十三勉強笑了笑，道：「老頭子也並不是個容易對付的人。」

丁麟道：「可是江湖中後起一代的高手，卻沒有幾個人看得起他的，正如他也看不起這些年輕人。」

西門十三忍不住道：「不管怎麼樣，年輕人的經驗總是比較差些。」

丁麟道：「經驗並不是決定勝負的最大關鍵。」

西門十三道：「哦？」

丁麟道：「據我所知，這次只要是敢到冷香園去的人，絕沒有一個人的武功在衛天鵬之下的，尤其是其中一個人……」

西門十三道：「你？」

丁麟笑了笑，道：「我本來當然也有雄心的，但自從知道這個人要來後，我已準備在旁邊看看熱鬧就算了。」

西門十三皺眉道：「連你也服他？」

丁麟又嘆了口氣，道：「我說過，我是個很有自知之明的人。」

西門十三顯得有點不服氣的樣子，道：「那個人究竟是誰？」

丁麟慢慢的喝了口酒，悠然道：「你有沒有聽說過小李飛刀？」

西門十三聳然動容，幾乎連手裡的酒杯都拿不穩了。

「小李飛刀！」

這四個字本身就彷彿有種懾人的威力。

西門十三失聲道：「小李飛刀也要來？」

丁麟又笑了笑，淡淡道：「小李飛刀若也要來，你們的老頭子和千面觀音只怕都已要躲到八千里外去了。」

西門十三鬆了口氣，道：「我也知道小李探花已有多年不問江湖中的事，有人甚至說，他也跟昔日的名俠沈浪，熊貓兒那些人一樣，到了海外的仙山，嘯傲雲霞，成了地上的散仙。」

丁麟道：「我說的這個人雖不是小李飛刀，卻跟小李飛刀有極深的關係。」

西門十三道：「什麼關係？」

丁麟道：「他就是普天之下，唯一得到過小李飛刀真傳的人。」

西門十三又不禁聳然動容，道：「但江湖中爲什麼從來也沒有人聽說過小李飛刀有徒弟？」

丁麟道：「因爲他並沒有真正拜在小李飛刀門下，他和小李探花的關係，也是最近才有人知道的。」

西門十三道：「我們怎麼還不知道？」

丁麟淡淡道：「這也許只因爲你們都吃得太飽了。」

西門十三苦笑，卻還是忍不住問道：「這個人叫什麼名字？」

丁麟又慢慢的喝了口酒，才慢慢道：「他姓葉，叫葉開。」

葉開！

西門十三沉默著，眼睛裡閃閃發光，顯然已決定將這名字記在心裡。

丁麟又道：「葉開雖然了不起，另外那些年輕人也同樣很可怕。」

他忽又笑了笑，道：「你是粉郎君，我是風郎君，你知不知道另外還有幾個郎君？」

西門十三點點頭，道：「我知道有個木郎君，有個鐵郎君，好像還有個鬼郎君。」

丁麟悠然道：「這次你說不定也會見到他們的，只不過等你見到他們時，也許就會後悔了。」

西門十三道：「後悔？」

丁麟眼睛裡忽然露出種很奇怪的表情，徐徐道：「因爲無論誰見到這幾人，都不會有好受的，所以你還是永遠莫要見到他們的好。」

夜，無雲無月。

馬車已停在冷香園後一個草寮裡，這草寮竟像是爲他們準備好在這裡的。

那一雙可愛的孿生姐妹，都已蜷曲著身子，靠在角落裡睡著了。

西門十三看著妹妹已完全成熟的胴體，忍不住嘆了口氣，道：「今天晚上，我們難道竟歇在這裡？」

丁麟點了點頭，微笑道：「你若已憋不住，不妨把我當做瞎子。」

西門十三也笑了，道：「我倒還沒有急成這樣子，只奇怪你今天怎麼會忽然變得如此安份的？」

丁麟道：「今天晚上我有約會。」

西門十三道：「有約會？跟什麼人有約會？」

丁麟笑了笑，道：「當然是跟一個女人。」

西門十三立刻急著問道：「她長得怎麼樣？」

丁麟笑得很神秘，道：「長得很美。」

西門十三更急了，道：「難道你想一個人逍遙，把我甩在這裡？」

丁麟道：「你要去也行。」

西門十三笑道：「我就知道你不是重色輕友的人。」

丁麟悠然道：「只不過，我們這一去，未必能活著回來的。」

西門十三動容道：「你約的究竟是誰？」

丁麟道：「千面觀音，南海娘子。」

西門十三怔住。

丁麟用眼角瞟著他，道：「你還想不想去了？」

西門十三的回答倒很乾脆：「不想。」

他又忍不住問道：「你真的準備今天晚上就去？」

丁麟道：「我也急著想看看這位顛倒眾生的南海娘子，究竟是個什麼樣的美人？」

西門十三道：「那麼你現在還等什麼？」

丁麟道：「等一個人。」

西門十三道：「等誰？」

這句「等誰」剛說出來，他卻已聽見外面那車夫在彈指作響。

丁麟的眼睛已發光，道：「來了。」

西門十三推開車簾，卻看見遠處黑暗中有個人身披簑衣，頭戴笠帽，手裡提著根三丈長的竹竿，竹竿在地上一點，他的人已掠過五丈，輕飄飄的落在草寮外。

丁麟忽然道：「你看他輕功如何？」

西門十三苦笑道：「這裡的人看來果然都有兩下子。」

這時那個人已解下了簑衣，掛在柱子上，微笑著道：「我這倒並不是爲了要炫耀輕功，只不過怕在雪地上留下足跡而已。」

丁麟道：「想不到你做事還是這麼謹慎。」

這人道：「我還想多活兩年。」

他慢慢的走過來，又脫下了頭上的笠帽，西門十三這才看出他是個三十多歲的中年人，狐皮袍子外，還套著件藍布罩袍，看來竟像是個規規矩矩的生意人，只不過一雙炯炯有光的眼睛裡，總是帶著極精明而狡猾的微笑。

丁麟已微笑著道：「這位就是冷香園裡的楊大總管楊軒。」

楊軒看了西門十三一眼，接著道：「這位想必就是衛八太爺門下的高足十三公子，幸會幸會。」

西門十三吃驚的看著他，忍不住道：「你就是我六哥上次來見過的那個楊軒？」

楊軒道：「是的。」

西門十三苦笑道：「他居然說你只不過是個膽小的生意人，看來他的確吃得太飽了。」

楊軒淡淡道：「我本來就是個膽小的生意人，他並沒有看錯。」

丁麟道：「我卻看錯了。」

楊軒道：「哦？」

丁麟笑道：「我還以爲你就是『飛狐』楊天哩。」

楊軒皺了皺眉，西門十三也不禁動容。

「飛狐」楊天這名字他聽說過。

事實上，江湖中沒有聽說過這名字的人還很少，他不但是近十年來江湖中最出名的獨行盜，也是近十年來輕功練得最好的一個人。

據說你就算用手銬、腳鐐鎖住了他，再把他全身都用牛筋綑得緊緊的，關在一間只有一個小氣窗的牢房裡，他還是一樣能逃得出去。

像這麼樣一個人，居然肯到冷香園裡來做管事的，當然絕不會沒有企圖。

他所圖謀的，當然也絕不會是件很普通的事。

西門十三忽然發覺這件事雖然已變得愈來愈有趣，也同樣變得愈來愈可怕了。

丁麟好像也知道自己太多嘴，立刻改變話題，道：「那位南海娘子已來了？」

楊軒點點頭，道：「剛到。」

丁麟道：「你看見了她？」

楊軒搖搖頭，道：「我只看見她門下的一些家丁和丫頭。」

丁麟道：「他們一共有多少人？」

楊軒道：「三十七個。」

丁麟道：「那個會吃刀的女人在不在？」

楊軒又點點頭，道：「她叫鐵姑，在那些人裡面，好像也是個管事。」

丁麟笑道：「莫忘記你也是個管事的，你們兩個豈非正是天生的一對？」

楊軒板著臉，不開口。

看來他並不是個喜歡開玩笑的人。

丁麟輕嘆了兩聲，只好又改口問道：「他們住在哪個院子裡？」

楊軒道：「聽濤樓。」

丁麟道：「現在距離子正還有多少時候？」

楊軒道：「已不到半個時辰，裡面有敲更的人，你一進去就可以聽見。」

丁麟眼睛裡又發出光，道：「看來我再喝杯酒，就可以動身了。」

楊軒看著他，過了很久，忽然道：「我們這次合夥，因爲我需要你，你也需要我。」

丁麟笑道：「我們本來就是好夥伴。」

楊軒淡淡道：「但我們卻不是朋友，這一點你最好記住。」

他不讓丁麟再說話，就慢慢的轉過身，戴起笠帽，披上簑衣，手裡的竹竿輕輕一點，人已在五丈外，然後就忽然看不見了。

丁麟目送他身影消失，微笑著道：「好身手，果然不愧是『飛狐』。」

西門十三忍不住問道：「他真的就是那個『飛狐』楊天？」

丁麟道：「飛狐只有他這一個。」他忽然又嘆了口氣，苦笑道：「也幸好只有他這麼一個。」

脫下貂裘，裡面就是套緊身的夜行衣，是黑色的，黑得像是這無邊無際的夜色一樣。

丁麟已脫下了貂裘，卻沒有再喝他那最後的一杯酒。

他的眼睛裡發光，臉上已看不見笑容，漆黑的夜行衣，緊緊裹在他瘦削而靈敏的身子上。

忽然間，他像是又變成另外一個人了。

現在他已不再是剛才那個放蕩不羈的風流浪子，已變得非常沉著，非常可怕。

西門十三看著他，眼睛裡也帶著種很奇怪的表情，彷彿是羨慕，又彷彿是妒忌。

丁麟道：「你最好就在這裡等著，一個時辰之內，我就會回來。」

西門十三忽然笑了笑，道：「你若不回來呢？」

丁麟也笑了笑，淡淡道：「那麼你就可以把她們兩個全都帶走，你豈非早已這麼想了……」

這句話還沒有說完時，他的人已消失在黑暗裡。

西門十三坐在那裡，連動都沒有動。

他本來總以爲他的武功絕不在別的年輕人之下，現在才知道自己想錯了。

這一代的年輕人，遠比他想像中可怕得多。

他抬起手，輕撫著自己被打腫了的臉，眼睛裡又露出種很痛苦的表情。

姐姐本來好像已睡得很沉，這時卻忽然翻了個身，抱住了他的腿。

西門十三還是沒有動。

姐姐不是他的，妹妹才是。

誰知道姐姐又忽然在他腿上咬了一口，咬得很重，當然很痛。

但西門十三眼睛裡的痛苦之色卻忽然不見了。

他忽然發現一個人若想勝過別人，並不一定要靠武功的。

於是他臉上又露出微笑，微笑著將丁麟沒有喝的那杯酒，一口氣喝了下去……

聽濤樓聽的並不是海濤，是竹濤。

冷香園裡除了種著萬千梅花外，還有幾百株蒼松，幾千竿修竹。

聽濤樓外，竹浪如海。

丁麟伏在竹林的黑暗處，打開了繫在腰上的一只革囊，拿出了一支噴筒。

噴筒裡裝滿了一種黑色的原油，是他從康藏那邊的牧人處，用鹽換來的。

他旋開了噴筒上的螺旋蓋子，有風吹過的時候，他就將筒中的原油，很仔細的噴出去，噴得很細密。

那霧一般的油珠，就隨著風吹出，灑在聽濤樓的屋簷上。

然後他就藏起噴筒，又取出十餘粒比梧桐子略大些的彈丸，用食中兩指之力，彈了出去，也打在對面的屋簷上。

突然間，只聽「蓬」的一聲，聽濤樓的屋簷，已變成一片火海，鮮紅的火苗，竄起三丈開外。

遠處傳來更鼓，正是子時。

更鼓聲被驚呼聲掩沒。

「火！」

數十條人影，驚呼著從聽濤樓裡竄了出來，如此猛烈的火勢，就連最鎮靜的人也難免驚惶失措。

也就在這一刹那間，丁麟已從樓後的一扇半開的窗子裡，輕煙般掠了進去。

佈置得非常幽靜的小廳，靜悄無人。

丁麟突然大呼：「火，失火了！」

沒有人來，沒有聲音。

丁麟已推開門竄出去，他並不知道南海娘子的練功處在哪裡，所以他的動作必須快。

他還得碰碰運氣。

他的運氣好像還不壞，第三扇門是從裡面拴起的，他抽刀挑起門閂，裡面是間佛堂。

案上的銅爐裡，燃著龍涎香，一縷縷香煙繚繞，使得這幽靜的佛堂，更平添了幾分神秘。

香案後黃幔低垂，彷彿也沒有人。

但丁麟卻不信一間從裡面拴起門的屋子裡會沒有人。

他毫不猶疑，就竄了過去，一把掀起了低垂的神幔。

他怔住。

神幔後竟有四個人。

四個穿著紫緞長袍的人，一頭青絲高高挽起，臉上戴著個用檀木雕成的面具。

四個人的穿著打扮竟完全一樣，全都動也不動的盤膝而坐，樓外閃動的火光，照著他們臉上猙獰呆板的面具，更顯得說不出的詭秘可怖。

這四個人全都可能是南海娘子，但南海娘子卻只有一個。

丁麟知道這種機會絕不會再有第二次了，他決定冒一冒險。

他竄過去，拉開了第一人的面具。

面具下是一張蒼白而美麗的臉，臉上長長的睫毛，置在緊閉著的眼瞼上。

無論誰都看得出她絕不會超過二十歲，南海娘子絕不會這麼年輕。

丁麟已揭起第二人的面具。

這人青滲滲的鬍渣子。

南海娘子當然更不會是男人。

第三個人看來雖然也很年輕，但眼角上卻已有了魚尾般的皺紋。

第四個人是個滿面皺紋，連嘴都已癟了下去的老太婆。

丁麟怔住。

他並沒有看見他想看到的那張臉，但這時他無法再停留下去。

他一轉身，人已隨著這轉身之勢躍起，就在這時，他彷彿看見那臉上長著鬍渣子的男人手動了動。

他知道不對了，想閃避，但這人的出手竟快得令人無法思議。

他剛看見這人的手一動，已覺得腰上一陣刺痛，就像是被尖針輕輕刺了一下。

然後他就跌了下去。

佛堂裡還是同樣幽雅，外面閃動的火光已滅了，銅爐中香煙繚繞，卻已換了種清淡的沉香木。

丁麟張開眼，忽然發現自己身上已換了件女人穿的繡裙。

他大驚之下，伸手摸了摸頭髮，他的頭髮早已被挽成了一種當時女人最喜歡梳的楊妃墜馬髻，歪歪的髮髻上，還插了根鳳頭釵。

「風郎君」丁麟從十六、七歲的時候，就開始闖蕩江湖，不出三年，已博得很大的名聲。

江湖中人人都知道，他不但輕功極高，而且非常機警，也非常沉得住氣。

但現在他卻已忍不住要跳了起來。

他沒有跳起來，因爲他從腰部以下，已完全是軟的，連一點力氣都使不出。

他整個人都軟了，心中沉了下去。香案上一座三尺高的南海觀世音菩薩，手拈著普渡眾生的楊柳枝，彷彿正在看著他微笑。

從繚繞的香煙中看過去，她的笑容看來也彷彿帶著種說不出的詭秘之意。

丁麟忽然發現這觀音菩薩的臉，竟和剛才那戴著面具的美麗少女完全一樣。

難道那少女就是南海娘子？

但出手制住他的，卻是那臉上長著鬍渣子的男人，他本已認爲這男人就是南海娘子改扮的。

但現在他卻已完全迷惑，甚至連想都不敢多想。

樣。

他怕想多了會發瘋。

幸好這時他就算要想，也沒法子再想下去了，佛堂的門，已慢慢的被推開。

一個人慢慢的走了進來，臉上帶著種美麗而詭秘的微笑，就像神案上觀音菩薩的笑容一樣。

丁麟看著觀音神像，再看看她，忽然嘆了口氣，閉上眼睛。這少女的臉簡直就是這觀音菩薩的臉。

他已不想再看了，他怕看多了會發瘋。

只可惜不看也一樣會發瘋的。

這少女已走到他面前，忽然笑道：「你今天頭髮梳得好漂亮，是誰替你梳的？」

丁麟忍不住張開眼，瞪著她，道：「我正想問你，這是誰替我梳的？」

這少女彷彿很驚訝，道：「難道連你自己也不知道？」

丁麟道：「我怎麼會知道？」

這少女道：「你難道連一點都想不起來？」

丁麟苦笑道：「我怎麼會想起來，我根本連一點感覺都沒有，而且你就算打破我的頭，我也猜不出你們爲什麼要把我扮成個女人。」

這少女彷彿更吃驚，道：「你說什麼？你說是我們把你扮成女人的？難道你已連你本來就是個女人都忘了？」

丁麟忍不住叫了起來，道：「誰說我本來就是個女人的？」

這少女吃驚的看著他，臉上的表情，就好像突然看見個瘋子一樣。

丁麟又忍不住道：「你說我本來就是個女人，你一定瘋了！」

這少女嘆了口氣，道：「不是我瘋了，是你！」

她忽然回頭叫道：「你們大家全來看呀，丁小妹怎麼會忽然變成這樣子了？」

丁小妹！

「風郎君」丁麟竟變成了丁小妹？

丁麟想笑也笑不出，想哭也哭不出，只見門外已有四、五個女人走了進來，其中有一個也正是剛才還戴著面具的中年美婦。

原來她就是鐵姑，因爲那少女正在招呼她。

「鐵姑，你快來看看，丁小妹本來還是好好的，現在怎麼忽然變成……變成這樣子？」

鐵姑也在看著丁麟，微笑著道：「她看來豈非還是好好的，而且頭髮梳得比平時都漂亮。」

這少女道：「可是……可是她居然不肯承認自己是個女人。」

丁麟已經在盡量控制著自己，他知道現在非冷靜下來不可。

但他卻還是忍不住要分辯：「我本來就不是個女人。」

鐵姑看著他，忽然嘆了口氣，道：「我瞭解你的心情，有時連我也希望自己不是個女人，在這個世界上，做女人的確太吃虧了。」

丁麟嘆了口氣道：「其實，我並不反對做女人，只可惜我一生下來就是個男人，一直到剛才還是個男人。」

他實在已盡了他最大的力量，來控制他自己。

鐵姑的臉上卻露出了很驚訝的表情，忽然回頭問另幾個女人：「你們幾時認得丁小妹的？」

「也有兩、三個月了。」

「她是個男人？還是個女人？」

「當然是個女人。」

所有的女人都在吃吃的笑：「丁小妹若是個男人，我們大家就全都是男人了。」

丁麟已可感覺到自己的臉在發青，卻還是忍耐著，道：「只可惜我也不是丁小妹。」

鐵姑帶著笑問道：「那麼你是誰呢？」

丁麟道：「我也姓丁，叫丁麟。」

鐵姑道：「我知道你叫丁靈琳。」

丁麟道：「不是丁靈琳，是丁麟。」

鐵姑道：「不是丁麟，是丁靈琳，你怎麼會連自己的名字都忘了？」

那個長得跟觀音菩薩一樣的少女忽然笑了笑，道：「幸好她說話的聲音還沒有變，無論誰都聽得出那是女人的聲音。」

丁麟冷笑道：「無論誰都應該認得出我是男……」

他的聲音突然停住，冷汗突然從背脊上冒出來。

他忽然發現自己說話的聲音也變了，變得又尖又細，竟真的像女人一樣。

——難道我真的已忽然變成了女人？

他只覺一種說不出的恐懼之意，像尖針般刺入了他的後腦。

他想試著運動一下他身上某部份肌肉，只可惜他從腰部以下，竟已完全痲木。

他甚至想伸手去摸摸那部份，可是當著這麼多女人，他實在又沒有這種勇氣。

鐵姑看著他，眼睛裡彷彿充滿了同情和憐憫，柔聲道：「最近你心情不好，又喝了很多酒，難免會忘記一些事的，何況，以前的事，你本就不願再想起。」

丁麟只有聽著。

鐵姑道：「但我們都可以提醒你，往事雖然悲傷，但若完全忘記了，對自己也不好。」

丁麟只有嘆了口氣，道：「好，你說吧，我在聽著。」

鐵姑道：「你是丁靈琳，是個非常好看的女孩子，你本來有個很好的情人，後來不知道爲什麼鬧翻，所以你跑到海邊要自殺，幸好心姑救了你。」

那微笑如觀音的少女原來叫心姑，她立刻接著道：「若不是我拉得快，那天你已跳下海去。」

丁麟咬著牙，不開口。

他忽然變得很怕聽見自己的聲音。

鐵姑道：「你那情人姓葉，叫葉開，他……」

葉開！

聽見這名字，丁麟只覺得自己腦子間「轟」的一響。

忽然間，他什麼都明白了。

他知道自己已落入一個最惡毒、最詭譎，也最巧妙的圈套裡。

這圈套本是爲葉開而準備的，他卻糊里糊塗的掉了進來。

鐵姑在說什麼，他已完全聽不見，他正在拚命集中思想。

他一定要想個法子從這個圈套裡脫身出來，但他也知道這絕不是件容易事。

非常不容易。

時間彷彿已過了很久，鐵姑的話都還沒有停。

原來她已將這些話反反覆覆的說了很多次，好像在強迫丁麟接受這件事。

「你那情人姓葉，叫葉開，他本來是昔年『神刀堂』堂主的兒子，後來過繼給葉家的。」

「你的父親叫丁乘風，你的姑姑叫丁白雲，本是白家的仇人，但後來這件仇恨卻被葉開解開了，你們的情感，反而因此而更加深厚。你本來已非他不嫁，他本來也非你不娶，但這時卻忽然出現了個叫上官小仙的女人。這女人據說是昔年威震天下的『金錢幫主』上官金虹，和當時天下第一美人林仙兒所生的女兒。林仙兒雖然美麗如仙子，卻專門引誘男人下地獄的。她生的女兒，也跟她一樣惡毒，你跟葉開，就是被她拆散的。」

「這件事你當然不會忘記，也絕不能忘記。」

丁麟聽著她說了一遍，又說一遍，忽然發現自己的思想非但已完全無法集中，而且似已被她剛剛說的話左右了。

忽然間，他竟已對這個叫上官小仙的女人，生出種說不出的痛恨之意。

他幾乎已快要承認自己就是丁靈琳，承認自己本來就是個女人。

爐中的香煙一陣陣飄過來，隨著他的呼吸，滲入他的腦子裡。

他竟似已將完全失去判斷是非的能力。

鐵姑看著他，臉上已露出一種詭秘而得意的微笑，慢慢的又接著道：「你叫丁靈琳，是個非常好看的女孩子，你……」

丁麟突然用盡所有的力氣咬了咬嘴唇，劇痛使得他突然清醒。

他立刻大吼道：「不要再說了，我已明白你的意思。」

鐵姑微笑道：「你真的已明白？」

丁麟道：「我一定長得很像丁靈琳，所以你們想利用我來害葉開。」

鐵姑道：「你本來就是丁靈琳。」

丁麟冷笑道：「其實你用不著這麼樣做，你們要我做的事，我也可答應。」

鐵姑道：「哦？」

丁麟道：「但你們也得答應我幾件事。」

鐵姑道：「你說。」

丁麟道：「我要你先告訴我，你們究竟是恰巧發現我像丁靈琳，才定下這個圈套的？還是早已算準了我要來。」

鐵姑忽然不開口了。

丁麟道：「然後你們至少還得解開我的穴道，讓我見見南海娘子，這件事成功之後，我至少還得要佔一份。」

鐵姑忽又點了點頭，道：「南海娘子本來就一直都在這裡，你難道看不見？」

丁麟動容道：「她在哪裡？」

只聽一個優雅而神秘的聲音慢慢道：「就在這裡。」

這聲音赫然竟是神案上那觀音神像發出來的。

丁麟霍然回頭，看了這神秘的雕像一眼，目光再也無法移開。

從縹緲氤氳的煙霧中看過去，他忽然發現這雕像竟已換了一張臉。

本來帶著微笑的臉，現在竟已變成冷漠嚴肅，眉宇間竟似還帶著怒意。

這個沒有生命的雕像，忽然間竟似已變得有了生命：「我就是你想見的人，所以，你現在就應該看著我，我說的話，每個字你都不能不信。」

煙霧繚繞，這聲音竟真是她發出來的。

丁麟只覺得全身都已冰冷，竟不由自主點了點頭，心裡雖然不想再看，但目光卻偏偏無法從這神秘而妖異的雕像上移開。

「你就是丁靈琳，葉開本來是你的情人，你的丈夫，但上官小仙卻從你身邊搶走了他。」

「現在他們日日夜夜，時時刻刻都廝守在一起，你卻只剩下孤孤單單的一個人。」

丁麟看著她，臉上竟不由自主露出種痛苦而悲傷的表情。

「我知道你怪她，這種仇恨本就是任何人都忘不了的，所以你一定要報復。」

丁麟臉上果然又露出怨毒仇恨之色，喃喃道：「我一定要報復……我一定要報復……」

「現在葉開很快就要幫著那可恨的女人到這裡來了，你正好有機會。」

丁麟在聽著，發亮的眼睛已變得迷惘而空洞，但臉上的怨毒之色卻更強烈。

「葉開絕對想不到你會在這裡，所以你若忽然出現，他一定會覺得很吃驚。」

「但他卻絕不會對你有警戒之意，所以你就可乘機將那惡毒的女人從他身邊搶走帶到這裡來，毀了她那張美麗的臉，叫她以後永遠也沒法子再勾引別的男人。」

「我的意思現在你已明白了？」

丁麟慢慢的點了點頭，道：「我已明白了。」

「你是不是肯照我的話去做？」

丁麟道：「是。」

「只要是我說的話，你全都相信？」

丁麟道：「是。」

「好，你現在就站起來，你的穴道已解開了，你已經可以站起來。」

丁麟果然慢慢的站了起來。他早已完全麻木軟癱的兩條腿，現在竟似已突然有了力量。

「好，你身上有把刀，現在我要你用這把刀去替我殺一個人。」

丁麟道：「殺什麼人？」

「楊軒！」

丁麟慢慢的轉過身，慢慢的從心姑和鐵姑面前走了出去。他的目光直視前方，手裡緊握著懷中的刀，心裡只有一個念頭：「用這把刀去殺楊軒。」

門房裡雖然生了盆火，卻還是很寒冷。楊軒靜靜的坐在火盆旁，看來已顯得有些焦急不安。他在等丁麟的消息。丁麟竟直到現在還沒有消息。就在這時，一個人慢慢的推開了門，慢慢的走了進來。一個很美的女人，滿頭烏黑的青絲，挽著個時新的墜馬髻，髮髻上還插著根鳳頭釵。

楊軒站起來，微笑道：「姑娘有什麼吩咐？」

他顯然已將這女人視爲南海娘子的門下，連看都不敢多看一眼。這女人卻一直在盯著他，眼睛裡帶著種很奇怪的表情。

楊軒忍不住又抬頭看了她一眼，忽然發現她很像一個人。

這女人的眼睛卻還是在看著他，一字字道：「你就是楊軒？」

楊軒點點頭，忽然失聲道：「你是丁麟？」

丁麟道：「我不是丁麟，是丁靈琳。」

楊軒吃驚的看著他，道：「你……你怎麼會變成這個樣子的？」

丁麟道：「我本來就是這個樣子，我本來就是個女人。」

楊軒的臉色也變了，道：「你莫非瘋了？」

丁麟道：「我沒有瘋，瘋的是你，所以我要殺了你。」

他忽然從懷中抽出柄短刀，一刀刺入了楊軒的胸膛。楊軒作夢也想不到他會突然下這種毒手，根本就沒有提防，也來不及閃避。鮮血花雨般的從他胸膛上飛濺出來，一點點灑在丁麟衣服上。

丁麟的臉上卻全無表情，冷冷的看著楊軒倒下去，然後竟慢慢的轉過身。

門外冷霧淒迷。夜更深了。

他慢慢的走入霧裡，黑暗中忽然又傳來那優美而神秘的聲音：「你做得很好，可是你已經太累了，已累得連眼睛都張不開。」

丁麟道：「我的確太累……太累了……」

他的眼睛果然慢慢的閉起。

「這裡就是張很舒服的床，現在你已可睡下去，等到葉開和那惡毒的女人來時，他們會叫醒你的。」

地上積著很厚的冰雪，但丁麟卻已躺了下去，就真的像是躺在一張很舒服的床上，忽然間就已睡著。

四　紅顏薄命

霧愈來愈濃了。

妹妹一直都睡得很熟，姐姐輕輕的喘息著，眼瞼終於也閉起，臉上還帶著疲倦而滿足的甜笑。

西門十三看著她們，心裡忽然也覺得有種說不出的愉快和得意，就好像他已將丁麟擊敗了一樣。

「一個人總不能在每件事都得勝的，我也總有比你強的地方。」

他微笑著，正想喝杯酒，車廂外忽然有人在敲門。

是不是丁麟回來了？

車窗上的簾子已然拉了下來，他看不見門外是什麼人。

「誰？」

沒有回應。

西門十三遲疑著，終於忍不住推開車門。

外面也沒有人。

外面一片黑暗，冷霧剛剛從地面上升起。

剛才是誰在敲門？

他拉緊了衣襟，再問，沒有回應，那個一直在外面望風的車夫呢？

天氣實在太冷，他本不想離開這溫暖的車廂，可是一個人做了虧心事後，總不免會疑神疑鬼的。

他終於穿上靴子，跳下車，四面一片黑暗，寒冷而寂靜。

那個穿著青布棉襖的車夫，躲在一堆稻草裡，頭枕著膝蓋，手抱著頭，似乎睡著了。

剛才敲門的人呢，難道他聽錯了？

他絕不會聽錯的。

他的年紀還輕，眼睛和耳朵一向都很靈。

這車夫也不知道是丁麟從什麼地方找來的，剛才真有人來過，他終於聽見一些動靜。

西門十三走過去，正想推醒他問問。

誰知道這車夫突然從草堆上彈起，凌空一個翻身，箭一般竄了出去，身手之快，雖然比不上丁麟，卻絕不在西門十三之下。

西門十三竟沒有看見他的面目，但稍微一遲疑間，這車夫的人影已消失在黑暗裡。

冷霧淒迷，寒風如刀。

他忽然機伶伶打了個寒噤，決定先到車廂裡等丁麟回來再說。

車廂的門竟又關了起來，也不知是否他自己剛才隨手帶上的。

嵌在車頂下那盞製造得很精巧的銅燈，還是亮著，柔和的燈光從紫絨窗簾裡透出來。

西門十三實在很後悔，剛才本不該離開車廂的，他很快的走回去，拉開車廂。

然後他的心就沉了下去，整個人都怔在車廂外，連動都不會動了。

車廂裡竟多了一個人。

一個禿頂鷹鼻，滿面紅光的錦袍老人，箕踞在他剛才坐的地方，赫然正是衛八太爺。

那姐妹兩人還是蜷曲在角落裡，睡得更沉了。

衛八太爺一雙炯炯有光的眼睛，正刀鋒般瞪著他，冷冷道：「上來。」

西門十三垂下了頭，跨上車廂，眼睛忽然瞥見剛才那個車夫竟已又回到草堆上打盹了，連姿勢都沒有改變，好像根本就沒有動過。

車廂很低，無論誰都站不直的。

西門十三卻不敢坐下來，只有垂著頭，彎著腰，站在那裡。

衛八太爺冷冷的看著他，道：「你那好朋友呢？」

西門十三道：「他已經進去了。」

衛八太爺道：「什麼時候去的？」

西門十三頭垂得更低，他無法回答，也不敢回答，因爲他剛才根本就忘了時間。

剛才他簡直連什麼都忘了。

衛八太爺瞪著他，厲聲道：「他走了之後，你在幹什麼？」

西門十三更不敢回答。

他早已知道自己做的事很有點見不得人。

男子漢大丈夫，玩幾個生得賤的女人，雖然算不了什麼，可是在荒地裡玩朋友的女人，卻完全是另外一回事了。

衛八太爺冷笑道：「看來你真是色膽包天，難道你就不怕丁麟知道？」

西門十三紅著臉，囁嚅著道：「我們……我們是好朋友。」

衛八太爺怒道：「你們既然是好朋友，你怎麼能對好朋友做這樣的事，他若在背地裡搶了你的女人，你會怎麼樣？」

西門十三不敢搭腔。

衛八太爺道：「你若以爲丁麟不會出手，你就錯了，這種事只要是男人就一定會出手的。」

西門十三只有承認。

衛八太爺道：「憑你這點本事，他一個人就可對付你八個，他知道了這件事後，若要對付你，你準備怎麼辦？」

西門十三終於鼓起勇氣，喃喃道：「我想他大概不會知道。」

衛八太爺冷笑道：「你想他大概不會知道，你憑哪點這麼想？」

西門十三苦笑道：「我自己當然絕不會告訴他的……」

衛八太爺打斷了他的話，道：「你雖然不會說，可是這女人呢？」

西門十三道：「是她自己要的，她怎麼會告訴別人？」

衛八太爺道：「你以爲她真的看上你，所以才勾引你？」

西門十三雖然不敢承認，卻也不願否認。

衛八太爺道：「我問你，這兩個女人是不是你們從石家莊搶來的？」

西門十三點點頭。

衛八太爺道：「你難道以爲她們很願意被你們搶走？」

世上絕沒有任何人願意被人在半夜裡搶走的。

衛八太爺冷笑道：「你難道還看不出，這婊子勾引你，爲的就是要讓你跟丁麟爭風吃醋，她們才有報復的機會。」

西門十三顯然還有點不服氣，忍不住道：「她也許……」

衛八太爺怒道：「難道你還以爲她是真的看上了你？你有哪點比丁麟強？而且，一個十四、五歲的小姑娘就算生得再賤，也不會當著自己妹妹面前，做這種事的。」

西門十三不敢再辯了。

衛八太爺道：「何況，你們剛才在車廂裡玩的把戲，我遠遠就聽見了，她妹妹又不是豬，你們就在她旁邊，她難道還能真的睡得著？」

西門十三的臉色又變了，他忽然想到，這件事的確可能是她姐妹早已說好了的，所以丁麟才剛走，姐姐立刻就醒了，妹妹一直在酣睡，爲的就是故意要使他們方便。

他忽然發現，薑畢竟還是老的辣。

衛八太爺忽又問道：「這兩個婊子是不是生長在石家莊的？」

西門十三道：「好像不是，我以前也到石家莊去過，卻從未見過她們。」

衛八太爺冷笑道：「果然不出我們所料。」

他目光刀鋒般盯在這姐妹兩人身上，慢慢的接著道：「像這樣兩個如花似玉的小姑娘，連我都實在不忍看著她們死在我面前。」

姐妹兩人還是垂著頭蜷伏在那裡，鼻息還是很均勻，居然還好像睡得很沉。

衛八太爺突又轉頭，瞪著西門十三，道：「所以你殺她們的時候，我一定會閉上眼睛的。」

西門十三怔了怔，道：「我？」

衛天鵬沉聲笑道：「不錯，你。」

西門十三道：「我……我要殺她們？」

衛天鵬冷冷道：「你若捨不得殺她們，我也可以讓她們殺了你。」

西門十三臉色已發白，道：「但丁麟回來時，若看見她們已死了，豈非……」

衛八太爺打斷了他的話，道：「他看不見的。」

西門十三道：「爲什麼？」

衛八太爺道：「死人是什麼都看不見的。」

西門十三失聲道：「丁麟也得死？」

衛八太爺道：「他不死，你就死。」

西門十三看著他，終於已明白他的意思。

他要丁麟到這裡來的時候，已沒有打算要丁麟活下去。

無論這件事是否發生，無論是否能探查出南海娘子的真相，他只要一回來，就得死！非死不可。

所以衛天鵬才會跟到這裡來，那車夫當然也早已換了他門下的人。

西門十三看著他臉上冷靜而殘酷的表情，幾乎不能相信他就是那個性如烈火，胸無城府，粗野而暴躁的老人。

他忽然間也像是完全變成了另外一個人，變得比丁麟更徹底。

西門十三忽然發現一個人若想在江湖中出人頭地，就好像都有幾種完全不同的面目，就連他們身邊最親近的人，都很難知道他們的真面目究竟是什麼樣子。

衛天鵬刀鋒般的目光還是盯在他臉上，淡淡道：「等死比死還痛苦，你若真的有憐香惜玉之心，就不如讓她們快死來得快樂。」

西門十三咬了咬牙，突然出手，中指指節凸起，以鷹喙拳擊向妹妹脊椎下的死穴。姐姐畢竟剛才還向他奉獻出火一般的熱情，他畢竟不是個心狠手辣的人。

誰知就在這時，一直像要死般沉睡著的姐妹兩人，突然同時翻身，手裡已多了對形狀奇特，碧光閃閃的彎刀。

她們本來溫柔得就像是對鴿子，但現在的出手，卻比毒蛇還毒，比豺狼還狠。

姐姐一翻身，腳已踢在他小腹上，手裡的彎刀，已閃電般去割衛八太爺的咽喉。

西門十三疼得眼淚鼻涕一起流出，捧著小腹彎下腰時，妹妹已揮刀急斬他的左頸。

衛八太爺臉上竟全無表情，竟似早已算準了她們有這一著。

姐妹兩人的刀剛揮出，只聽「叮，叮，叮，叮」四聲響，四柄刀的刀鋒都已被打斷。

衛八太爺手裡已忽然出現了根一尺三寸長的短棍。

短棍是漆黑的，暗無光華，也看不出有什麼奇特的地方。

但那四柄寒光熠熠，百煉精鋼打造的彎刀，竟被它一敲而斷。

姐妹兩人吃驚的看著手裡半截斷刀，幾乎還不能相信這是真的。

然後她們才感覺到手臂上一陣痠痛，連這半截斷刀都拿不穩了。

衛八太爺冷冷的看著她們，冷冷道：「你們的隨身雙寶，還有一件爲什麼不使出來？」

姐姐忽然長長嘆了口氣，苦笑道：「原來你早已看出了我們的來歷。」

衛天鵬道：「哼。」

姐姐道：「晚輩正是東海筷子島，珍珠城，歐陽城主的門下，特來拜見衛八太爺的。」

她看來並沒有驚惶恐懼的表情，只不過對衛八太爺這個人好像很是尊敬。

衛天鵬道：「你們是來拜訪我的？」

姐姐道：「歐陽城主也早已久聞衛八太爺的大名。」

衛天鵬道：「是他叫你們來的？」

姐姐道：「正是。」

衛天鵬道：「你們躲在石家莊，就是爲了要等著看我？」

姐姐道：「你老人家府上門禁森嚴，像我們姐妹這種人，想見到你老人家當然不是件容易事。」

衛天鵬冷笑道：「所以你們就故意讓我這好色膽小的登徒子看見你們，你們早已算準了他遲早一定會去找你們的。」

姐姐的臉居然紅了，紅著臉笑道：「不瞞你老人家，我們實在也沒有想到他會在半夜裡去找我們的，他用的法子雖然不好，卻很有效。」

衛天鵬突然大笑，道：「久聞歐陽城主的門下，都是聰明美麗的姐妹花，今日一見果然不假。」

他仰面而笑，似已忘了她們的護身雙寶還有一件未使出來。

就在這時，姐妹兩人已又同時出手，只聽「錚」的一聲，已有數十點寒星，從她們衣袖中暴射而出，暴雨般急打衛天鵬的胸膛。

衛天鵬笑聲不絕，只不過將手裡的短棍很快的劃了個圓弧。

那數十點暴雨般的寒光，竟像是突然被一種奇異的力量吸引，投入了這圓弧，又是「叮叮叮」一連串輕響後，這數十點寒光就已全都被這根短棍黏住，就像是一群蒼蠅釘在一根鐵棒上。

姐妹兩人又怔住。

衛天鵬淡淡道：「我早已知道你們若不將這一寶使出來，是絕不會死心的。」

妹妹忽然也長長嘆息了一聲，苦笑道：「看來他們都看錯你了。」

衛天鵬道：「哦？」

妹妹道：「他們以爲你已老了，以爲今日之江湖，已是他們這一代年輕人的天下，但現在以我看，你一個人就可以抵得上他們十個。」

她垂著頭，用眼角偷偷的瞪著衛天鵬，眼波中帶著種說不出的溫柔崇敬之色。

少女們只有在看著她們心目中真正的英雄時，才會有這種眼色。

衛八太爺看來也彷彿忽然年輕了許多，微笑著道：「薑是老的辣，這句話年輕人都應該記著的。」

妹妹垂著頭道：「我們剛才出手，實在是不得已的，我們姐妹都是可憐人，別人叫我們做什麼，我們就得做什麼，既不能反抗，也不敢反抗。」

她說著說著，眼淚似已將流下。

衛八太爺面上已露出了同情之色，嘆息著道：「我不怪你們，歐陽城主對門下弟子的手段，江湖中人人都知道的。」

姐姐恨聲道：「但除了你老人家這種大英雄外，可有誰會體諒我們的痛苦呢？」

衛八太爺的聲音也變得很溫柔，道：「只要你們說出你們的來意，我絕不會爲難你們的。」

姐姐道：「在你老人家面前，我們也不敢說謊。」

妹妹道：「你老人家當然也已知道，我們是爲了葉開和上官小仙來的。」

衛天鵬道：「爲了這件事，珍珠城裡一共來了多少人？」

妹妹道：「只有我們姐妹兩個。」

姐姐道：「歐陽城主的意思，並不是真的想要那些東西，只不過要我們來看看，葉開究竟是個怎麼樣的人，究竟有多厲害。」

衛天鵬道：「你們很快就會看得到的，他很快就會來了。」

姐姐道：「可是我們……」

衛天鵬微笑道：「你們已經可以走了，以後有機會，隨時都可以去看我，用不著再躲在石家莊等。」

姐姐也笑了，道：「以後我們一定會去拜訪你老人家。」

妹妹立刻接著道：「我們一定會去。」

姐妹兩人甜甜的笑著，轉身推開了車廂的門，跳了出去。就像是一雙剛飛出籠子的燕子。

一直垂頭喪氣，站在那裡的西門十三，好像覺得很意外。

他想不到衛八太爺會讓她們走的，就在這時，他忽然聽見兩聲很奇怪的聲音，就像是錐子刺入肉裡。

接著，他又聽見兩聲尖銳而短促的慘呼。

他忍不住回頭去看，就看見一個穿著青布棉襖的人，正站在車廂外，用一條雪白的手巾擦血。

錐子上的血，他手裡拿的，竟赫然真是一柄發亮的錐子。

韓貞！

西門十三直到現在才知道，把他們送到這裡來的車夫竟是韓貞。

韓貞的鼻子是歪著的，鼻梁已被丁麟一拳打碎，這歪斜碎裂的鼻子，使得他臉上看來總好像帶著種奇特而詭異的表情。

衛八太爺臉上卻無表情，忽然道：「兩個都死了？」

韓貞點點頭。

衛八太爺淡淡道：「看來你實在不是憐香惜玉的人。」

韓貞道：「我不是。」

衛八太爺目中露出笑意，道：「丁麟若知道你殺了她們，你的鼻子就更危險了。」

韓貞道：「他不會知道。」

衛天鵬道：「哦！」

韓貞道：「死人是什麼事都不會知道的。」

衛天鵬笑了。他喜歡別人學他說話的口氣。

韓貞卻又道：「他走的時候，只要我們等他一個時辰。」

衛天鵬道：「他當然已將時間算得很準。」

韓貞道：「什麼事他都算得很準。」

衛天鵬冷冷道：「他的確是個很厲害的人，唯一的缺點就是太年輕。」

韓貞道：「年輕畢竟氣盛，所以他才會急著趕去。」

衛天鵬道：「你確定他去了就不會走？」

韓貞道：「他永遠不會走的。」

衛天鵬道：「為什麼？」

韓貞道：「死人是不會走的。」

衛天鵬又笑了。

韓貞道：「現在早已過了一個時辰，他還沒有回來。」

衛天鵬目光閃動，道：「所以他只怕已永遠不會回來了。」

韓貞點點頭。

衛天鵬沉吟著，徐徐道：「所以這個南海娘子，絕不會是假的。」

韓貞同意：「能讓丁麟留下的人並不多。」

衛天鵬的臉色忽又變得很陰沉，徐徐道：「青城山的墨白，珍珠城的歐陽，再加上南海娘子，這世上本來已沒有什麼事能打動他們的了，但現在他們卻都已出手。」

韓貞道：「葉開若知道，一定會覺得很愉快。」

衛天鵬道：「愉快？」

韓貞道：「能夠要這些人出手，並不是件容易事，除了他之外，世上也許已沒有第二個人還能引動他們到這裡來。」

衛天鵬沉默著，居然也承認。

西門十三當然更不敢開口，但心裡卻更好奇。

他忽然發覺每個人提起葉開這名字時，都會露出種很奇怪的表情，無論是敬佩，是憎惡，是畏懼，都表現得非常明顯強烈。

一個陌生的年輕人，怎會有這麼大的魔力，這豈非令人不可思議？

西門十三只覺得自己很幸運。

因為他不是葉開，他忽然發覺做一個平凡庸碌的人，有時也是件很幸運的事。

衛天鵬沉默了很久，才徐徐道：「一年之前，我還沒有聽見過葉開這名字。」

韓貞道：「一年前江湖中根本就沒有人聽見過這名字。」

衛天鵬道：「但現在他好像忽然已變成了江湖中最有名的人。」

韓貞道：「這個人崛起江湖，的確就像是個奇蹟。」

衛天鵬道：「要造成奇蹟也不是件容易事。」

淺。」

韓貞道：「絕不是。」

衛天鵬道：「他真的有傳說中的那麼可怕？」

韓貞道：「他並沒有殺過什麼人，甚至根本就很少出手，江湖中沒有人知道他的武功深淺。」

衛天鵬道：「也許這就正是他的可怕之處。」

韓貞道：「但最可怕的，還是他的刀。」

衛天鵬道：「什麼刀？」

韓貞道：「飛刀！」

他臉上忽又露出種很奇怪的表情，一字字接著道：「據說他的飛刀只要出手，也從未落空過一次。」

衛天鵬的臉色也變了，他忽然想起了一句話：「小李飛刀，例不虛發。」

這句話本身就像是有種足以奪人魂魄的魔力。

數十年來，江湖中從沒有任何人對這句話有過絲毫懷疑。

更沒有任何人敢去試一試。

甚至連昔年威震天下的少林四大高僧都不敢。

二十年前，小李探花獨上嵩山，竟將武林中從未有人敢輕越雷池一步的少林寺，當做了無人之地，少林寺上下數百高手，竟沒有一個敢出手的。

今日之葉開，難道也有那樣的威風？那樣的豪氣？

就算他也有那樣的本事，珍珠城主和南海娘子的手段，也絕不是那些出家人能比得上的。

衛天鵬徐徐道：「珍珠城遠在海外，城主歐陽兄妹武功之奇詭，就連昔年的百曉生都莫測高深，所以才沒有將他們列在兵器譜上。」

韓貞道：「那也因爲筷子島上的門徒弟子，都是同胞雙生的兄弟姐妹，就像是筷子一樣，從來分不開的，所以兵器譜上不列。」

衛天鵬點點頭，道：「兵器譜上也不列魔教高手，但就連百曉生自己也不能不承認，若以殺人制勝的武功而論，魔教中至少有七個人可排名在兵器譜上的前二十人之內。」

韓貞道：「魔教中人互相猜疑，自相殘殺，魔宮中的高手，據說早已快死光了。」

衛天鵬道：「但是南海娘子千變萬化，魔功秘技，絕不在魔教四大天王之下。」

韓貞笑了笑，道：「你老人家手裡這根十方如意棒，只怕也可和昔年兵器譜上，排名第一的天機棒比一比高下了。」

衛天鵬突然縱聲大笑，道：「葉開若知道我們這些人都在這裡等著他，他還敢來麼？」

突聽一個人悠然道：「他一定會來的，因爲他非來不可。」

這聲音優雅而神秘，說話的人彷彿就在他們身旁，又彷彿在很遠。

衛天鵬的笑聲突然停頓，臉色也變了，過了很久，才試探著問：「南海娘子？」

「多年的故人，你難道連我的聲音也聽不出來？」聲音彷彿更近，卻看不見人。

衛天鵬額上似已有了冷汗，勉強笑道：「既已來了，爲何不現身相見？」

「你真的想見我？」

「多年渴想，但求一見。」

「好，你跟我來。」

聲音彷彿又已到了遠方的黑暗中，黑暗中忽然亮起一點燈光。

碧燐燐的燈光，就像是鬼火，在寒風中閃爍不停，卻還是看不見人。

衛天鵬走近幾步，忽然拍了拍韓貞的肩，道：「你也跟我來。」

西門十三總算坐了下來，心裡卻比剛才彎腰站著時還要難受。

天地間彷彿已只剩下他一個人。

衛八太爺是他的師父，卻帶著那個多嘴的韓貞走了，好像根本已忘了還有他這麼樣一個人在旁邊。

這世上竟似沒有一個人看重他，簡直就沒有一個人將他看在眼裡。

——一個人若連自己都輕視自己，又怎麼能期望別人看重你。

他用力抓緊了雙拳，心裡充滿了委屈和憤怒，他發誓要做幾件驚人的事，讓大家都知道西門十三並不是個沒出息的人，讓大家都跪在他面前，吻他的腳。

只不過，要怎樣才能做出驚人的事呢，他根本連一點頭緒都沒有。

這使他又覺得很悲哀。

——不如還是找個地方去痛痛快快的大喝一頓，等到喝醉了時，就會覺得自己是個打遍天下無敵手的大英雄了。只可惜這大英雄現在還是要去套馬趕車。

他嘆了口氣，沒精打采的站起來，忽然聽到車廂外有人說：「你一個人坐在這裡，也不覺得寂寞？」

還是剛才那神秘而優雅的聲音，口氣卻比剛才更溫柔。

西門十三突然覺得全身的寒毛豎了起來，失聲道：「你是什麼人？你在哪裡？」

「我就在這裡，你難道看不見我？」

車廂外，果然可以隱約看到一個人，穿著輕柔的長袍，烏黑的頭髮披散在雙肩。

西門十三全身都已冰冷，就像一下子跌入了個深不見底的冰洞裡。他已看見了這個人，看得很清楚。她的臉是死灰色的，輕柔的長袍上，鮮血淋漓，咽喉上還有個血洞，赫然正是剛才已死在韓貞錐下的那個姐姐。她那死灰色的臉上，完全沒有任何表情，美麗的眼睛已死魚般凸出來，嘴角也帶著血跡，在黑暗中看來，更是說不出的詭秘可怖。

西門十三的腿已軟了，冷汗已濕透了重衣。他實在不敢再看她，但也不知爲了什麼，目光竟偏偏無法從她臉上移開。

「你看著我，我知道你一定會看著我的。」

這本不是她生前說話的聲音，但這聲音卻的確是她發出來的。

「我本來是真心喜歡你的，本來已決心永遠陪著你，但他們卻狠心殺了我，讓你孤孤單單的，沒有人陪伴。」

聲音又變得悽涼而幽怨，那死魚般凸出的眼睛裡，竟似有兩行血淚流下來。西門十三只覺得自己的心已碎了，剛才的恐懼，忽然又變成了灑脫悲壯。這世上畢竟還是有人看重他的，但這個人卻已死了，而且就死在他面前，他卻只有在旁邊眼睜睜的看著。

「他們好狠的心，竟當著你的面殺了我，他們根本就沒有把你當做人。」

她的聲音更幽怨。

「可是我知道你一定不會讓我就這樣含冤而死的，你一定會替我報仇，讓他們知道，你並不是個膽小無用的懦夫。」

西門十三抓緊雙拳，慢慢的點了點頭，恨恨道：「我會讓他們知道的，我一定會讓他們知道。」

「這裡有柄刀，你爲什麼不去殺了他們？」

半空中忽然有樣東西落下來，「叮」的一聲，落在地上，果然是柄鋒利的刀。

「你只要殺了韓貞和衛天鵬，你就是江湖中最了不起的大英雄，從此以後，絕沒有人敢再看不起你，我死在九泉下也瞑目了。」

聲音又漸漸嘆息，漸漸遙遠：「這是我最後的要求，你一定要答應我，一定要答應我……」

聲音愈來愈遠，終於消失在淒迷的冷霧中。然後她的人就倒了下去。

黑暗，無邊無際的黑暗。

西門十三突然衝出去，抓起了她的手，她的手早已冰冷僵硬，顯然已死了很久很久。但剛才的確是她在說話，地上的確有柄閃動著寒光的短刀。西門十三用他掌心已沁出冷汗的手，拾起了這柄刀。

「你只要殺了衛天鵬，你就是江湖中最了不起的大英雄……」

他的臉已因興奮而扭曲，但一雙眼睛卻是空空洞洞的，就像是死人一樣。他抓緊了這柄刀，藏在衣袖裡，慢慢的走了過去。

淒迷的冷霧，迷漫著大地，風更冷了。但他卻已完全不覺得寒冷，他心裡已只剩下一個念頭：「用這柄刀去殺了衛天鵬。」

無月無雲，卻有一陣陣暗香浮動，香沁心脾。碧燐燐的鬼火在風中閃爍，衛天鵬和韓貞走在積雪的小徑上。

他們都知道，現在已到了應該閉著嘴的時候。應該閉著嘴的時候，他們就絕不開口。

路很滑，雪已經結成冰，寬闊的園林中，只有寥寥幾點燈火，疏若晨星。

忽然間，前面也出現了一點鬼火，一行十餘個白衣人，幽靈般跟在鬼火後，忽然間又全都消失。

衛天鵬走出梅林，才看出前面有一排低矮的平房，建築的形式很奇特。那些幽靈般的白衣人，想必已走了進去。

就在這時，引路的鬼火也突然消失，風中卻又響起了那優雅而神秘的聲音。

這次她只說了兩個字：「請進。」

走進去之後，才發覺這屋子非但不低，而且顯得特別高闊。地上鋪滿了嶄新的，一塵不染的草蓆，迎面一片屏風上，畫著積雪的高山，鮮紅的花樹，看來不像是中原的風物。再看畫上的題字，才知道畫的是海外扶桑島上的景色，那鮮紅的花樹，正是扶桑的名種櫻花。櫻花雖也如梅花同樣鮮艷，卻少了梅花的幾分氣節，一身傲骨。

這一排平房，顯然也是依照扶桑島上的形式建造的，屋子裡竟沒有桌椅，只擺著幾張矮几，几上的青銅燭台，燭火低暗，屋角還燃著一爐香，香氣卻很濃郁。正中的一張矮几上，擺著個三尺高的觀音佛像，手拈楊柳枝，面露微笑。

兩個白衣如雲的絕色麗人，垂眉斂目，肅立兩旁，年紀較長的風華絕代，儀態萬千，年紀較輕的卻更美，美得超凡脫俗，美得令人不可思議。

她們當然就是鐵姑和心姑。那些白衣人已盤膝坐在草蓆上，一個個臉上仍然全無表情，目光仍然凝視在遠方。他們的人雖在這屋子裡，卻完全不像是這世界上的人。

香煙繚繞，屋子裡顯得說不出的神秘安靜。現在還不是開口說話的時候。

衛天鵬也在草蓆上坐下，然後才看見屏風後有兩個劍眉星目，非常英俊的少年，傲然扶劍而立，劍鞘上還鑲滿了龍眼般大的明珠，每一粒都是價值連城，人間少有的寶物。

他們不但面貌極相似，眉宇間也同樣帶著種逼人的傲氣，竟似完全沒有將屋子裡這些人看在眼裡。

衛天鵬和韓貞對望了一眼，心裡都已知道，這兩個少年一定是從珍珠城來的。又沉默了很久，這兄弟兩人中，身材較高的一人竟然問道：

「南海娘子究竟在哪裡，既然叫我們來了，爲什麼還不出來相見？」

他的話剛說完，那優雅而神秘的聲音就又突然響了起來：「我就在這裡，兩位難道看不見？」

聲音竟是那觀音佛像發出來的，鐵姑和心姑，連嘴唇都沒有動。

兄弟兩人臉色又變了變，一人冷冷道：「我們兄弟不遠千里而來，並不是來看一個木雕佛像的。」

「你們要看的人就是我。」

「你就是千面觀音，南海娘子？」

「我就是。」

兄弟兩人突然同時冷笑，同時拔劍，劍光如匹練，向這觀音佛像刺過去。他們的出手、招式、身法，竟都完全一樣，一個人就像是另一個人的影子。他們的劍法，一劍刺出後，方向突然改變，劍光錯落，落花繽紛，突又「哧」的一響，兩道劍光竟似已合二為一，閃電般刺向觀音佛像的臉。

就在這一瞬間，他們忽然發現這觀音佛像臉上的表情竟已變了，變得嚴肅而冷漠。

也就在這一瞬間，那風華絕代的中年美婦，已突然出手。只聽「啪」的一聲，兩柄劍鋒已全部被夾在掌心，接著又是「碰」的一響，劍鋒竟硬生生被她折斷了一截。

珍珠兄弟顯然是因爲觀音佛像表情的改變而受驚失手，此刻居然臨變不亂，腳步一滑，竟同時後退了八尺，回到屏風後，兩柄斷劍又已入鞘。他們應變雖快，但臉上卻還是忍不住露出了驚訝之色。因爲他們倆看見這美麗的女人，竟將他們的斷劍吃了下去。

他們幾乎不能相信自己的眼睛，這兩柄劍的鋒利，他們自己當然知道得很清楚。

這女人的腸胃難道真是鐵鑄的？

南海娘子那神秘的聲音卻似在輕輕嘆息，道：「歐陽城主不該叫你們來的。」

珍珠兄弟現在只有聽著。

南海娘子道：「就憑你們兄弟這樣的人，又怎麼能對付葉開？」

珍珠兄弟終於忍不住抗聲道：「葉開也只不過是個人。」

他們兄弟兩人，雖然只有一個說話，另一人的嘴唇彷彿也在動。

南海娘子道：「不錯，葉開也是個人，但卻絕不是個普通人。」

珍珠兄弟嘴角帶著冷笑，滿臉不服氣的樣子。

南海娘子淡淡道：「若論武功，我們這些人之中，也許沒有一個能比得上他的。」

珍珠兄弟冷笑道：「他若來了，我們兄弟第一個就要去領教領教。」

南海娘子彷彿又嘆了口氣，道：「他現在說不定就已來了。」

這句話說出來，不但衛天鵬聳然動容，就連墨白冷漠如死人的臉上，也不禁露出種奇怪的表情。

珍珠兄弟變色道：「他現在真的已來了？」

南海娘子道：「就在你們到這裡來的時候，他們的馬車，也已駛入了冷香園。」

珍珠兄弟道：「上官小仙呢？」

南海娘子道：「上官小仙不來，他又怎麼會來？」

原來葉開是爲了上官小仙來的。

珍珠兄弟道：「她真的就是上官金虹和林仙兒的女兒？」

南海娘子道：「是的。」

珍珠兄弟道：「上官金虹和小李探花活著時已勢不兩立，他的女兒又怎會跟著葉開？」

南海娘子道：「因爲阿飛將她交給了葉開，要葉開保護她到這裡來。」

珍珠兄弟道：「這件事和飛劍客又有什麼關係？」

南海娘子道：「林仙兒紅顏薄命，晚年潦倒，她這一生中，只有一個真正信任的人，就是阿飛，所以她臨終時，就叫她的女兒去找阿飛。」

珍珠兄弟道：「她怎麼能證明自己就是林仙兒的女兒？」

南海娘子道：「她當然有很好的法子證明，否則阿飛又怎麼會相信？」

她忽又問道：「你們兄弟對這件事知道的好像並不多。」

珍珠兄弟道：「我們只知道一件事。」

南海娘子道：「哦？」

珍珠兄弟道：「我們只知道城主是叫我們來將上官小仙帶回去的。」

南海娘子道：「所以你們就準備將她帶回去？」

珍珠兄弟道：「是的。」

南海娘子道：「現在她既已來了，你們為什麼還不去？」

珍珠兄弟不再說話，突然淩空翻身，掠過屏風，一眨眼就看不見了。

衛天鵬脫口而讚：「好身手。」

南海娘子的聲音卻忽然變得很冷漠，冷冷的說道：「送兩口棺材到飄香院，為他們兄弟準備後事。」

珍珠兄弟的劍鋒已被折斷，可是那出手一劍的變化，劍風破空的力量，和他們身法之輕靈，配合之佳妙，無疑已是當今武林中第一流的高手，尤其是那一著雙劍合璧，飛虹貫日，其威力之強，就連衛天鵬也未必有把握抵擋。

但是在南海娘子看來，好像他們只要一去找葉開交手，就已經是兩個死人了。南海娘子當然絕不會看錯的。

大廳中忽然變得靜寂如墳墓，大家竟似都在等著別人將珍珠兄弟的屍體抬回來。

也不知過了多久，衛天鵬才沉吟著道：「上官金虹縱橫天下時，神刀堂還未崛起，現在神刀堂的後代都已長大成人，上官小仙的年紀想必已有不小。」

南海娘子的聲音道：「她算來至少已應該有二十多了。」

衛天鵬道：「二十多歲的女人，難道一直都沒有成親？」

南海娘子道：「她若已有了夫婿，又怎會再要葉開來保護她。」

衛天鵬道：「林仙兒號稱天下第一美人，她女兒也應該長得不醜。」

南海娘子道：「非但不醜，而且也可以算是人間少見的美人。」

衛天鵬道：「既然是個美人，爲什麼還找不到婆家？」

南海娘子嘆了口氣，道：「只因她雖然長得美如天仙，但她的智力，卻連七、八歲孩子都比不上。」

衛天鵬皺眉道：「這麼樣的一個美人，難道竟是白痴？」

南海娘子道：「她並不是個天生的低能兒，據說只不過是因爲她在七歲的時候，受了一次重傷，腦力受損，所以智慧一直停頓在七歲。」

衛天鵬道：「哦。」

南海娘子道：「可是她的美麗，卻足以令任何男人動心。」

衛天鵬也嘆了口氣，道：「天妒紅顏，造化弄人，看來她的命運，竟似比她的母親還要悲慘。」

南海娘子道：「像這麼一個女人，若是沒有人保護她，也不知要被多少男人欺騙玩弄。」

衛天鵬道：「所以林仙兒臨死前，對她還是放心不下，才要找飛劍客來保護她。」

南海娘子道：「但阿飛一生流浪，到現在還沒有家，所以他在江南遇見葉開時，就將這副擔子交給了葉開。」

衛天鵬道：「他難道也能像林仙兒信任他一樣信任葉開？」

南海娘子道：「無論誰都可以信任葉開的，這個人雖然瀟脫不羈，不拘小節，但是朋友託他的事，他就算赴湯蹈火，也在所不辭。」

墨白一直在靜靜的聽著，此刻突然道：「好，好男兒，好漢子。」

南海娘子道：「就爲了他答應照顧上官小仙，他的情人丁靈琳，才會跟他吵翻，一怒而去，到現在還沒有消息。」

衛天鵬笑了笑，道：「我也聽說過丁家這位姑娘，是個醋罈子。」

南海娘子嘆道：「世上的女人，又有哪個是不吃醋的？」

直到現在，她說的話才像是個女人，才有了些人類的感情。

衛天鵬沉吟著，又道：「昔年金錢幫威震天下，南七北六十三省全部在他們控制之下，家中的財寶，富可敵國，但上官金虹本身卻是個很節儉的人。」

南海娘子道：「他並不節儉，只不過世上所有的奢華享受，都不能讓他動心而已。除了權力外，世上絕沒有任何事能讓上官金虹真的動心。就連林仙兒那樣的絕代美人，在他看來，也只不過是個工具。

衛天鵬道：「據說上官金虹生前，已將金錢幫的財富，和他的武功心法，全部收藏到一個很秘密的地方。」

南海娘子道：「江湖中的確久已有了這種傳說。」

衛天鵬道：「但上官金虹去世至今已有二十多年，卻從未有人能找到這筆寶藏。」

南海娘子道：「的確從來也沒有人找到。」

衛天鵬眼睛裡閃著光，徐徐道：「但這寶藏的所在地，並不是沒有人知道的。」

南海娘子道：「哦？」

衛天鵬道：「知道這秘密的只有荊無命，但他也是個對任何事都絕不動心的人，所以多年來，從未對這寶藏有過野心。」

南海娘子道：「他本就是上官金虹的影子。」

衛天鵬道：「他劍法狠毒，出手無情，別人也不敢打他的主意，何況他的行蹤也一向飄忽不定，就算有人想找他，也找不到。」

南海娘子道：「就算找到了，也必定已死在他的劍下。」

衛天鵬道：「但是現在他卻已將這秘密告訴了一個人。」

南海娘子道：「哦？」

衛天鵬道：「他已將這秘密告訴了上官金虹唯一的骨血。」

南海娘子道：「上官小仙？」

衛天鵬道：「不錯，正是上官小仙，所以她現在不但是世上最美麗的女人，也是世上最富有的女人，再加上上官金虹留下的武功心法，無論誰只要能找到她，不但立刻可以富甲天下，而且必將縱橫武林，這誘惑實在不小。」

南海娘子道：「只可惜她自己並不知道，她只不過還是個七、八歲的孩子。」

衛天鵬道：「所以無論誰要保護這麼樣一個人，都幾乎是件不可能的事。」

南海娘子道：「可能。」

衛天鵬道：「不可能。」

南海娘子道：「別人不可能，葉開能。」

衛天鵬冷笑道：「他就算是武林中的絕代奇才，武功就算已能無敵於天下，但只憑他一個人，難道就能抵抗天下武林中的數十高手？」

南海娘子道：「他並不是只有一個人。」

衛天鵬道：「不是？」

南海娘子道：「一心想殺了他，奪走上官小仙的人固然不少，但為了昔日的恩義，決定要全力保護他的人，也有幾個。」

衛天鵬道：「昔日的恩義？」

南海娘子道：「莫忘記他是小李探花唯一的傳人，昔年受過小李探花恩惠的人也並不少。」

衛天鵬冷冷道：「事隔多年，那些人縱然還沒有死，只怕也早已將他的恩情忘了，恩情總是比仇恨忘得快的。」

南海娘子道：「至少還有一個人未曾忘記。」

衛天鵬道：「誰？」

南海娘子道：「我！」

這句話說出來，大家又不禁全都聳然動容。

南海娘子道：「你們若以為我也想來圖謀上官小仙的，你們就錯了。」

衛天鵬目光閃動，道：「你找我們到這裡來，是為了什麼？」

南海娘子道：「我只不過想要你們看在我的面上，打消這個主意。」

衛天鵬道：「你想要我們放過葉開？」

南海娘子道：「是的。」

衛天鵬道：「我們若不答應呢？」

南海娘子冷冷道：「那麼你們就不但是葉開的對頭，也是我的對頭，今日你們若想活著走出這屋子，只怕很不容易。」

衛天鵬突然大笑，道：「我明白了，我總算明白了。」

南海娘子道：「你明白了什麼？」

衛天鵬的笑聲突然停頓，道：「你要我們打消這主意，只不過想一個人獨吞而已，你故意將葉開說得活靈活現，其實你想必有了對付他的法子。」

南海娘子的聲音也變了，突然道：「衛八，你看著我。」

衛天鵬卻已轉過頭，去看門口的屏風，冷冷道：「你若想用魔教中的勾魂攝心大法來對付我，你就找錯人了。」

南海娘子道：「我只不過想提醒你，三十年前，我也放過你一次了。」

衛天鵬道：「不錯，三十年前，我幾乎已死在你手裡。」

南海娘子道：「那時你已發下重誓，只要我再看著你，我無論要你做什麼，你都絕不違背，否則就寧願被利刃穿胸而死。」

她的聲音突又變得陰森而恐怖，冷冷的接著道：「這些話你還記不記得？」

衛天鵬道：「我當然記得，只不過……」

南海娘子道：「只不過怎麼樣？」

衛天鵬道：「這些話我是對南海娘子說的。」

南海娘子道：「我就是南海娘子。」

衛天鵬道：「你不是。」

他嘴角帶著種奇特的冷笑，一字字接著道：「南海娘子早已死了，你以為我還不知道？」

這句話說出來，連墨白也不禁動容。

衛天鵬道：「在後面那草寮中，你問我怎會聽不出你的聲音，那時我就已知道，你絕不是南海娘子，就知道她早已死了，否則我又怎麼敢來？」

那神秘的聲音沉寂了很久，才徐徐道：「你怎麼會知道？」

衛天鵬道：「因為你不該問這句話的。」

「為什麼？」

「因為我根本就聽不出她說話的聲音，我雖然是唯一見過她真面目的人，卻從來也沒有聽見她說過一個字。」

衛天鵬笑得很奇特，接著又道：「你雖然知道我是唯一見過她真面目還能活著的人，卻一定也不知道我們之間的事，因為她絕不會將這件事告訴你。」

那聲音又沉寂了很久，才忍不住問：「為什麼？」

「因為那是個秘密，天下絕沒有別人會知道的秘密。」

這老人的臉上，忽然發出一種青春的光輝，就像是已回到多年前，他還充滿了夢想的少年時。

然後他就說出了一段奇異而美麗的故事，美麗得就像說神話：「三十年前，我還是個喜歡惹事生非的年輕人，有一次在苗疆闖了禍，逃竄入深山，卻在深山裡迷了路。」

「苗山中不但到處都可能遇見毒蛇猛獸，而且瘴氣極重，我爲了躲避每天黃昏時都會出現一次的桃花瘴，躲入了一個很深的山洞裡。」

「那山洞原是狐穴，我想殺條狐狸，烤來充饑，就爲了去追這條狐狸，我才遇見了那件我這一生中永遠也無法忘記的事。」

他刀鋒般的眼睛也已變得非常溫柔，然後他接著又說了下去：「我將那條狐狸一直追到山洞最深處，才發現後面的山壁下，還有條秘密的出路。」

「我撥開枯籐走進去，沒多久之後，就聽見一陣陣流水聲，沿著水聲再往前走，天光豁然開朗，外面竟是個世外桃源的人間仙境。」

「那時正是暮春時節，百花齊放，綠草如茵，山上有道泉水流下來，竟是滾熱的。」

「然後我就忽然發現那溫泉水池中，竟有個美麗的少女在沐浴。」

說到這裡，大家當然都已知道他說的這少女是什麼人了。

衛天鵬目光溫柔的凝注在遠方，彷彿又看到了那錦繡的山谷，那沐浴在溫泉中的美人。

「那時她也很年輕，烏黑發光的頭髮，又光滑，又柔軟，就像是緞子一樣，尤其是她的眼睛，我從來也沒有看見過那麼美麗的眼睛。」

「我就像是個呆子般看著她，已完全看得痴了。」

「她起先好像覺得很驚惶，很憤怒，但後來也慢慢的平靜下來，也在靜靜的看著我。」

「我們就這樣互相凝視著，也不知過了多久，她臉上忽然露出了一絲微笑，大地上所有的花朵，就彷彿已在那一瞬間全部開放。」

「我不由自主向她走了過去，竟忘了前面是個水池，也忘了身上還穿著衣裳鞋子。」

「我簡直什麼都忘了，只想走過去抱住她……」

聽到這裡，每個人臉上都露出溫柔之色，彷彿都在幻想著那一刻的溫馨和甜蜜。又過了很久，衛天鵬才嘆息著，慢慢的接下去：「我們始終沒有說過一個字，也沒有問過對方的姓名和來歷。」

「所有的一切事，都發生得很自然，一點也沒有勉強，就好像上天早已安排好我們這麼樣兩個人，在這地方見面的。」

「直到天色已完全黑暗，她已要走的時候，我才知道她是什麼人。」

「因爲直到那時，我才發現她額角上的頭髮覆蓋下，刺著一朵黑色的蓮花。」

「那正是南海娘子的標誌，我驚訝之中，做出了一件令我後悔終生的事。」

「我馬上叫出了她的名字。」

「就在那一瞬間，她的人突然變了，溫柔美麗的眼睛裡，突然現出了殺機，竟向我施展魔教中最可怕的武功大天魔手，彷彿要將我的心掏出來。」

「我不想閃避，也不能閃避，那時我的確覺得，能死在她手裡，乃是件非常幸福的事。」

「也許就因爲這一點，她才不忍真的下手，我甚至已可感覺到她的手已插入我的胸膛，她那雙柔若無骨的纖纖玉手，竟像是忽然變成了一柄鋒利的刀，我甚至已閉上眼睛，準備死了。」

事。」

了。」

「但是她忽然將手縮了回去，等我張開眼時，她的人已不見了。」

「夜色已籠罩著山谷，山谷還是同樣美麗，但她卻似已忽然消失在春風裡。」

「我卻好像剛做了場夢似的，若不是胸膛上還在流著血，我簡直不能相信這是件真的事。」

「我跪在地上，求她回來，再讓我見她一面，但我心裡也已知道她是永遠不會再回來的了。」

「所以我又發誓，只要再見到她，無論她要我做什麼，我都不會違背她的意思。」

「可是自從那一天之後，我就永遠再也沒有見著她，永遠也沒有……」

他聲音愈說愈低，終於變成了一聲長長的嘆息。

這是個美麗、淒涼，而且充滿了夢幻般神秘的故事。這故事美麗得就像是神話。但每個人都知道這絕不是夢，也不是神話。你只要看見鐵姑和衛天鵬臉上的表情，就知道這故事每個字都是真的。鐵姑美麗而冷漠的臉，似乎已因悲痛和震驚而變形。心姑的神色也變了。只有那木雕的觀音神像，還是手拈著楊柳枝，在繚繞的煙霧中微微含笑。

也不知過了多久，衛天鵬才恢復鎮靜，冷冷道：「所以我知道南海娘子已死了，我知道魔教中有種神秘的腹語術，你們利用這木偶就想把我嚇走，也未免想得太天真了。」

心姑忽然道：「不錯，那些話都是我借觀音神像的嘴說的，可是我說的話也一樣有效。」

衛天鵬道：「哦？」

心姑道：「你若一定還要打上官小仙的主意，我保證你一定會後悔的。」

衛天鵬突然大笑，道：「我衛八自十三歲出道，在江湖中混了五、六十年，至今還沒有爲任何一件事後悔過。」

心姑道：「你一定不肯放過他們？」

衛天鵬道：「我只希望你們能將這碗飯分給大家吃，莫要一個人獨吞。」

心姑冷笑道：「好，念在你昔年和本門祖師爺的那一點情份，我現在可以讓你活著走出去。」

衛天鵬道：「然後呢？」

心姑道：「只要你一走出這間屋子，從此就是我南海門的對頭，你最好就趕快去準備後事，因爲你隨時都說不定會死的。」

衛天鵬淡淡地說道：「念在我和南海娘子昔年那一點情份，現在我也不能以大欺小，向你們出手，只不過……」

心姑道：「不過怎麼樣？」

衛天鵬道：「你們若一定要跟我作對頭，也未必還能活多久的。」

他冷笑著，霍然長身而起，忽然又向墨白笑了笑，道：「我們以前的恩怨，也不妨一筆勾消，從現在起，你我是友是敵，也就看你了。」

這句話一說完，他就頭也不回的走了出去。

五　飛狐楊天

門外冷霧悽迷，夜更深，風更冷。

衛天鵬迎著風長長吸了口氣，忽然道：「韓貞！」

韓貞已跟過來，道：「在。」

衛天鵬道：「你知不知道那飄香別院在哪裡？」

韓貞道：「我們現在就去？」

衛天鵬道：「先下手的爲強，這句話你該聽說過的。」

韓貞道：「可是那葉開……」

衛天鵬道：「葉開怎麼樣？」

韓貞道：「葉開現在必定已有防備，我們現在若去跟他硬拚一場，不論誰勝誰負，雙方都難免要有傷損，豈非讓別人漁翁得利了。」

衛天鵬道：「誰說我們是要跟他去打架的？」

韓貞道：「不是？」

衛天鵬道：「當然不是。」

他嘴角又露出了狐狸一樣的微笑，悠然道：「我們是好意去向他通風報訊，是跟他交朋友去的。」

韓貞的眼睛亮了，微笑著道：「因爲小李探花昔日也對我們有恩，我們這次來並不是爲了要算計他，而是爲了報恩。」

衛天鵬道：「一點也不錯。」

韓貞道：「南海娘子既然死了，別的人已不足爲慮，我們一定要勸他乘這個好機會，先下手把那些對他有野心的人除去。」

衛天鵬道：「他是個聰明人，一定會明白的。」

韓貞道：「何況他還有我們做他的後盾，他無論要殺什麼人，我們都可以幫他提刀。」

衛天鵬大笑，道：「好，你果然愈來愈懂事了，也不枉我對你一番苦心。」

他們已走入了梅林，一陣陣春風吹過，迷霧中忽然出現了一條幽靈般的人影。

衛天鵬低喝：「什麼人？」

「是我！」

這人垂著頭走過來，竟是西門十三。

衛天鵬沉下了臉，道：「誰叫你到這裡來的？」

西門十三頷首道：「弟子有件要緊的事，要稟報你老人家。」

衛天鵬道：「什麼事？」

西門十三走近幾步，走得更近些，道：「我知道葉開……」

他聲音實在太低，衛天鵬只好把耳朵湊過去。

他一生殺人無數，隨時隨地都在提防著別人殺他，但此時他卻是作夢也想不到，他最寵愛的這個徒弟手裡，竟有把準備刺入他胸膛的刀。

兩個人身子已湊在一起。

衛天鵬道：「有什麼話快說。」

西門十三道：「我要你死。」

聽到這個「死」字，衛天鵬才吃了一驚，但閃避已來不及了。

他已能感覺到冰冷的刀鋒，刺入了他的皮裘，刺在他胸膛上。他甚至已能感覺到死的滋味。

就在這間不容髮的一刹那間，西門十三突然慘呼著倒下。

他手裡那柄殺人的刀，在夜色中閃著碧光，刀鋒上已帶著血跡。是衛天鵬的血。

衛天鵬的身子這才開始發抖，才真正感覺到死的恐懼。

西門十三仰面倒在雪地上，眼珠已突出，耳、鼻、眼、口中，突然同時有鮮血流出。血竟是黑的。

衛天鵬轉頭去看韓貞，韓貞也已嚇得呆住。

西門十三顯然不是被他殺了的。

究竟是誰在暗中出手，救了衛天鵬這條命？

衛天鵬已沒空再想了，這梅林冷霧中，處處都彷彿隱藏著殺機。

他跺了跺腳，低聲道：「快退出去。」

突聽一人道：「你站著不能動，否則刀毒一發，就必死無疑了。」

聲音清脆嫵媚，一個人幽靈般的在霧中出現，赫然竟是鐵姑。

衛天鵬愕然道：「剛才是你救了我？」

鐵姑點點頭。

衛天鵬道：「叫他來殺我的也是你？」

鐵姑又點點頭。

只有被她攝心大法所迷的人，才會做得出這種事。

衛天鵬道：「你既然叫他來殺我，爲什麼又要來救我？」

鐵姑蒼白的臉上帶著種無法描述的表情，誰也猜不出她心裡在想什麼？更猜不出她爲什麼要這樣做。

可是她看著衛天鵬的時候，眼睛裡卻彷彿有種很強烈的感情。

她本不是容易動感情的。

她幾乎已沒有感情。

衛天鵬看著她，眼睛忽然也露出種無法描述的感情，忽然道：「你……你是她的女兒？」

鐵姑點了點頭。

衛天鵬倒退了兩步，道：「那麼你……你……你難道也是我的……」

「女兒」這兩個字他並沒有說出來，他好像不敢說出來。

可是他不必說出來，別人也知道的。

鐵姑居然並沒有否認，目中的神色又變得很悲傷，忽然道：「她這一生中，只有你一個男人。」

衛天鵬又後退了兩步，身子突然又開始發抖。

——南海娘子這一生中，居然只有他這麼樣一個男人。

他心裡也不知道是感動？是驚訝？還是悲傷？

鐵姑的眼睛裡似已有淚光，道：「所以我不能看著你死。」

她當然不能。

世上絕沒有任何一個人，能眼見著自己父親死在別人刀下的。

——難道她竟真的是我親生女兒？

衛天鵬幾乎不相信，卻已不能不信。

他一生中最大的遺憾，就是沒有女兒，誰知到了垂暮的晚年，竟忽然有了個女兒。

如此美麗，如此值得驕傲的女兒。

他看著她，眼睛裡也不禁有了淚光，已完全忘了自己剛才還想叫人去殺了她的。

血濃於水。

就連野獸都有親情，何況人？

衛天鵬顫抖著伸出手，似乎想去摸摸她的頭髮，摸摸她的臉。

可是他又不敢。

就在這時，梅林外忽然又有個人衝了進來，吃驚的看著他。

心姑也來了。

鐵姑忽然長長嘆息了一聲，道：「你不該來的。」

心姑用力咬著嘴唇，忽然大聲道：「我爲什麼不該來……他既然是你的父親，就是我的祖父，爲什麼不能來看看他？」

衛天鵬又怔住。

原來他不但有了女兒，還有了孫女。

他只覺得全身的血都熱了，幾乎已忍不住要大叫起來。

誰知就在這時，心姑突然反身出手，閃電般點了他胸前七處穴道。

韓貞本來一直在旁邊看著，遇見了這種事，他也只有在旁邊看著。

看見心姑出手時，他想救已來不及了，誰知心姑竟又扶住了衛天鵬，道：「刀上已見了血，他想必已中了毒，你快抱起他跟我來。」

原來她出手是爲了救人。韓貞嘆了口氣，今天他看見的和聽見的這些事，他知道自己這一輩子都永遠忘不了的。

他這一生中，也從來沒有遇見過這麼奇詭，這麼奇秘的事。

佛堂裡也燃著香，香煙繚繞，也彷彿梅林中的冷霧一樣。

韓貞將衛天鵬放了下來，放在一張軟榻上。

神案前擺著幾個蒲團，中間一個蒲團上，坐著個雲鬢高髻的錦衣少女，彷彿很美。

她垂眉斂目，盤膝坐在那裡，竟像是老僧入定一樣。

這麼多人從外面走進來，她居然不聞不問，好像根本沒有看到。

但韓貞卻忍不住要去看看她。

放著這麼美的少女在面前，若是連看都不看，這個人一定不是個男人。

韓貞總算還是個男人。

他看了一眼，就忍不住要多看兩眼，他忽然發現這少女很像一個人。

像丁麟。

縱橫江湖的「風郎君」，怎麼會忽然變成了個女人？

韓貞當然不會相信這種事，但卻愈看愈像，這少女就算不是丁麟，也一定是丁麟的姐妹。

丁麟的人呢？

他若是已被鐵姑她們殺了，他的姐妹又怎麼能安心的坐在這裡？

韓貞並不是個很好奇的人，一向都不太喜歡管別人的閒事。

可是現在他實在覺得很奇怪，每個人都多多少少難免有點好奇心的。

韓貞畢竟還是個人。

鐵姑和心姑已在為衛天鵬治傷療毒，好像並沒有注意到他。

韓貞忍不住慢慢走過去，悄悄喚道：「丁麟。」

錦衣少女果然抬起頭來看了他一眼，卻像是根本不認得這個人一樣，搖了搖頭道：「我不是丁麟。」

韓貞又忍不住問道：「你是誰？」

錦衣少女道：「我是丁靈琳。」

丁靈琳！

這名字韓貞是聽見過的——丁靈琳豈非就是葉開的情人？

她長得怎麼會跟丁麟一模一樣？她跟丁麟又有什麼關係？

這錦衣少女又閉起了眼睛，連看都不再看他了。

鐵姑卻在看著他。

韓貞一回頭，就觸及了鐵姑的目光。

比刀光還亮的目光。

韓貞強笑了笑，道：「他老人家想必已脫險了吧？」

鐵姑點點頭，忽然問道：「你看他是丁麟？還是丁靈琳？」

韓貞道：「我看不出。」

這倒不是假話，他的確看不出，也分不出。

鐵姑道：「你應該看得出的，無論誰都該看得出她是個女人。」

韓貞道：「他現在的確是個女人。」

鐵姑道：「以前難道不是？」

韓貞笑了笑，道：「我只不過有點奇怪，丁麟怎麼會忽然不見了。」

鐵姑道：「你很關心他？」

韓貞摸了摸歪斜的鼻子，道：「他打歪了我的鼻子。」

鐵姑道：「你想報復？」

韓貞道：「沒有人能在打歪我鼻子之後，就一走了之的。」

鐵姑道：「他能不能死？」

韓貞道：「他也不像很快就會死的人。」

鐵姑道：「可是他偏偏已死了。」

韓貞道：「你是說，丁麟已死了？」

鐵姑道：「不錯。」

韓貞道：「但丁靈琳還活著。」

鐵姑凝視著他，過了很久，才徐徐道：「你已看了出來？」

韓貞又笑了笑，道：「我看不出，我是猜出來的。」

鐵姑道：「你還猜出了什麼？」

韓貞道：「葉開雖然是個很精明的人，但是對自己的老情人，總不會有什麼戒備的。」

鐵姑道：「說得好。」

韓貞道：「假如這世上只有一個人能暗算葉開，再將上官小仙從他手裡搶過來，那麼這個人一定就是丁靈琳。」

鐵姑道：「說得好。」

韓貞道：「只可惜丁靈琳是絕不會去暗算葉開的，所以……」

鐵姑道：「所以怎麼樣？」

韓貞道：「假如有個人長得跟丁靈琳很像，可以改扮成丁靈琳，那麼這個人豈非就正是對付葉開的最好武器。」

鐵姑道：「這個人若是男的呢？」

韓貞微笑道：「無論他是男是女都沒關係。」

鐵姑道：「哦？」

韓貞道：「據說南海娘子不但易容術妙絕天下，而且還有種手法能控制別人咽喉的肌肉，使他的聲音也改變。」

鐵姑冷冷道：「你知道的倒不少。」

韓貞道：「這個人若是不聽話，沒關係，因爲南海門還有種能控制別人心靈的攝魂大法。」

鐵姑又盯著他看了半天，才徐徐道：「據說江湖中人都叫你『鐵錐子』。」

韓貞道：「不敢。」

鐵姑道：「據說別人無論有多硬的殼，你都能把它錐開。」

韓貞道：「這只不過是傳言而已。」

鐵姑道：「可是這傳說看來好像並不假。」

韓貞道：「我縱然還有點名堂，也是衛八太爺一手教出來的。」

鐵姑冷笑道：「你用不著提醒我，我早就知道你是他最親信的人。」

韓貞鬆了口氣，道：「只要夫人明白這一點，我就放心了。」

鐵姑道：「我既然讓你到這裡來，就沒有再打算瞞著你。」

韓貞道：「多謝。」

鐵姑道：「這件事你現在是不是已完全明白了？」

韓貞道：「還有幾點不明白。」

鐵姑道：「你說。」

韓貞道：「夫人莫非早已算準了丁麟要到這裡來？」

鐵姑道：「不錯，所以我早已準備好了，在這裡等著他。」

韓貞道：「但夫人又怎知他一定會來？」

鐵姑道：「有人告訴了我。」

韓貞道：「這個人是誰？」

鐵姑道：「是個朋友。」

韓貞道：「是丁麟的朋友，還是夫人的朋友？」

鐵姑道：「若不是丁麟的朋友，又怎麼會知道他的行動。」

韓貞嘆了口氣，道：「有時候朋友的確比仇敵還可怕。」

他忽又問道：「夫人以前見過丁靈琳沒有？」

鐵姑道：「沒有。」

韓貞道：「那麼夫人又怎知丁麟跟她長得很像？」

鐵姑道：「據說他們本是雙生兄妹。」

韓貞道：「哦！」

鐵姑道：「他們那邊的習俗，雙胞胎生下來若是一男一女，其中一個就一定要送到外面去養。」

韓貞道：「這種習俗我們那邊也有。」

鐵姑道：「所以江湖中有很多人都不知道，丁麟也是他們丁家的後代。」

韓貞道：「夫人又怎麼會知道的？」

鐵姑道：「是個朋友告訴我的。」

韓貞道：「還是剛才說的那個朋友？」

鐵姑道：「不錯。」

韓貞點了點頭，道：「他既然是丁麟的好朋友，當然知道很多別人不知道的事。」

鐵姑道：「你是不是很想知道這個人是誰？」

韓貞道：「是。」

鐵姑道：「爲什麼？」

韓貞淡淡的一笑，道：「因爲我不想跟他交朋友。」

鐵姑目中也有了笑意，道：「你實在是個很精明的人。」

韓貞道：「而且是個錐子。」

鐵姑道：「而且是有眼光的錐子。」

韓貞道：「鼻子雖然已被打歪了，幸好也還很靈。」

鐵姑微笑道：「所以你若肯替我到一個地方去看看，那真是再好也沒有了。」

韓貞道：「但請吩咐。」

鐵姑道：「你肯去？」

韓貞道：「夫人就算要我去赴湯蹈火，我也一樣會去的。」

鐵姑嘆了口氣，道：「難怪衛八太爺信任你，看來你果然是個夠義氣的人。」

韓貞道：「能得到夫人一句誇獎，韓貞死而無怨。」

鐵姑嫣然一笑，道：「我並不想叫你去死，只不過要你到飄香別院去。」

韓貞道：「去看看葉開的動靜。」

鐵姑道：「順便也去看看那位只有七歲大的大美人。」

飄香別院飄著花香。

窗戶裡的燈還亮著，窗上有兩個人的影子，一個男人，一個女人。

看不見珍珠兄弟。

雪地上卻有柄抓斷了的劍，劍柄上的劍鋒在燈下閃著光。

看來珍珠兄弟今天的運氣實在不好。

忽然間，窗戶開了。

一個非常美的女人，手裡抱著個泥娃娃，站在窗口。

她的臉白裡透紅，眼睛又圓又亮，紅紅的小嘴半張著，顯得說不出的嬌媚，說不出的天真。

她本身看來就像是個泥娃娃。

可是她的身材卻不像是個泥娃娃。

她身上每一分，每一寸，都彷彿在發射著一種令人不可抗拒的熱力。

孩子的臉，婦人的身材，這雖然很不相稱，卻形成了一種奇妙的組合，組合成一種美妙的誘惑，一種足以令大多數男人犯罪的誘惑。

要保護這麼樣一個女人，實在不容易。

她身後還有個男人，看起來很年輕，很英俊。

葉開顯然也是個非常好看的男人，只可惜他站得比較遠。

韓貞雖然也看見了他，卻看不清他的臉。

上官小仙手裡抱著泥娃娃，嘴裡輕輕的哼著條兒歌，聲音也甜得很。

只聽葉開道：「外面風很冷，你為什麼還不關上窗子？」

上官小仙的嘴噘得更高，道：「寶寶太悶了，寶寶想透透風。」

葉開嘆了口氣，道：「寶寶已經該睡了。」

上官小仙道：「可是他偏偏不肯睡，寶寶精神還好得很。」

葉開苦笑道：「這麼晚了還不睡，寶寶是個壞孩子。」

上官小仙立刻叫起來：「寶寶不是壞孩子，寶寶乖得很。」

她伸出一隻又白又嫩的手，輕輕拍著懷裡的泥娃娃，柔聲道：「寶寶不要哭，他才是個壞人，寶寶不哭，媽媽餵奶給你吃。」

她竟真的要解開衣襟，餵奶給這泥娃娃吃了。

她的胸膛成熟而高聳。

韓貞遠遠的看著，心已跳了起來，跳得好快。

誰知就在這時，葉開卻忽然趕過去，「砰」的關起了窗子。

只聽上官小仙在窗子裡吃吃的笑著，道：「你拉我幹什麼？你是不是也要吃奶？哼……」

佛堂裡的香已燃盡了。

衛八太爺閉著眼躺在軟榻上，臉色很紅潤，似已睡著。

鐵姑聽韓貞說完了，才說道：「窗子一關上，你就回來了？」

韓貞苦笑道：「我總不能也進去搶著吃奶。」

鐵姑眼中又露出笑意，道：「看起來你好像很羨慕葉開。」

韓貞嘆了口氣，道：「我也很同情他。」

鐵姑道：「你同情他？」

韓貞道：「整天陪著這麼樣一個女人，實在不是件好受的事。」

心姑忽然道：「她是不是很美？」

韓貞偷偷瞧了她一眼，道：「還算過得去。」

這不是老實話，但卻是聰明話。

沒有任何女人，願意聽著男人在自己面前誇獎另一個女人的。

心姑冷冷道：「聽說白痴都長得很美的。」

韓貞道：「是。」

心姑忽又笑了，道：「幸好美人並非一定都是白痴。」

她自己當然也是個美人，非常美。

鐵姑忽又問道：「飄香別院裡，是不是只有他們兩個人？」

韓貞道：「我前前後後都看過了，好像沒有別的人。」

鐵姑道：「是好像沒有？還是的確沒有？」

韓貞想了想，道：「的確沒有。」

鐵姑道：「也許有別的人已睡了呢？」

韓貞道：「別的屋子裡都沒有起火，這麼冷的天，誰也不會在一個沒有起火的屋子睡覺的。」

鐵姑終於笑了笑，道：「看來你不但聰明，而且很細心。」

心姑忽然道：「只可惜鼻子歪了一點。」

鐵姑瞪了她一眼，道：「你又不想嫁給他，你管人家鼻子歪不歪。」

心姑道：「鼻子歪的男人，也並不一定就是嫁不得的。」

鐵姑又笑了，道：「小鬼，胡說八道的，也不怕人家聽了笑話。」

韓貞忽然發覺自己的心又在跳，跳得很快。

這種可能他並不是沒有想到過，只不過不敢想而已。

現在這母女兩人卻好像在故意提醒他。

——她們是不是又想出個難題讓他做了。

鐵姑果然又在問他：「你武功是不是跟衛八太爺學的？」

韓貞道：「不是。」

他並不是衛天鵬的弟子，也不是「十三太保」中的一個。

鐵姑道：「你用的兵刃就是錐子？」

韓貞道：「是。」

鐵姑道：「我還沒聽說過江湖中有人用錐子做兵刃的。」

韓貞笑道：「那本是我隨便找來用的。」

鐵姑道：「錐子也有獨門招式？」

韓貞道：「沒有，但無論哪種兵刃的招式，都可以用錐子使出來。」

鐵姑道：「聽你這麼說，你會的武功招式一定很不少。」

韓貞道：「只可惜雜而不精。」

心姑忽又「噗哧」一笑，道：「想不到你這個人居然也會假客氣。」

韓貞的心跳得又快了。

鐵姑道：「你跟著衛八太爺沒有幾年，就已成了他門下最得力的人，武功想必是不錯的。」

韓貞只有承認：「還算過得去。」

鐵姑道：「所以我還想請你做一件事。」

韓貞道：「但請吩咐。」

鐵姑道：「這件事愈快愈好，今天晚上又正好是下手的好機會。」

韓貞道：「是。」

鐵姑道：「所以我想現在就要丁靈琳去動手。」

韓貞沉思著，道：「卻不知葉開會不會認出她來？」

鐵姑道：「絕不會的，就算她還有點破綻，在燈光下也看不出來。」

韓貞道：「但他們本是老情人，若是多看幾眼，也許就……」

鐵姑道：「我們怎麼會給機會讓他看清楚，只要他一讓丁靈琳近他的身，大功也就告成。」

心姑笑道：「他出手本來就很快的，否則又怎能一拳打歪你鼻子？」

韓貞只有苦笑，心裡卻是甜的。

鐵姑道：「只不過，我們也不能不多加小心，以防萬一，所以我想要你陪著他去。」

韓貞怔了怔，道：「我怎麼能陪他去？」

鐵姑道：「爲什麼不能？」

韓貞道：「我……算什麼人呢？」

鐵姑道：「算這裡的管事，帶他去找葉開，因爲這地方丁靈琳沒來過，當然不認得路。」

韓貞忍不住嘆了口氣，道：「夫人想得真周到。」

鐵姑道：「若是想得不周到，又怎麼敢出手動葉開？」

韓貞道：「現在我只擔心一件事了。」

鐵姑道：「擔心什麼？」

韓貞道：「擔心葉開的飛刀。」

鐵姑道：「你怕？」

韓貞苦笑道：「我只怕這位丁靈琳姑娘不能一出手就置他於死地，只怕他還有機會出手。」

鐵姑冷冷道：「莫忘記我也有刀，在我的刀下，沒有人還能活得了。」

她忽然揮手，一柄刀「叮」的落在丁麟面前。

一柄碧燐燐的刀。

丁麟立刻睜開了眼睛，直勾勾的看著這柄刀。

鐵姑道：「撿起這柄刀來，藏在衣袖裡。」

丁麟果然就撿起刀，藏入衣袖。

鐵姑道：「現在你抬起頭，看著這個人。」

她指著韓貞。

丁麟就抬起頭，眼睛直勾勾的看著韓貞。

鐵姑道：「你認得這個人麼？」

丁麟點點頭。

鐵姑道：「我要你跟著他走，他會帶你去找葉開的。」

丁麟又點點頭。

鐵姑道：「葉開是個無情無義的人，拋下了你，去找別的女人了，所以你看見他，就要用這柄刀殺了他，然後帶那個女人回來。」

丁麟道：「我一定要殺了他，然後帶那個女人回來。」

鐵姑道：「你現在就去吧。」

丁麟道：「我現在就去。」

他臉上帶著種很奇怪的表情，彷彿茫然無知，又彷彿很痛苦。

鐵姑道：「你爲什麼還不去？」

丁麟道：「我去。」

他嘴裡雖然說去，卻還是坐在那裡，動也不動。

心姑嘆了口氣，道：「看來他對葉開真不錯，到了這種時候，居然還不忍去殺他。」

鐵姑冷笑道：「他會去的。」

她當然知道一個人的心靈縱然已受了控制，但你若要他去做一件他最不願意的事，他的理智還是會作最後一番掙扎的。

這本是很正常的現象，所以她早已有了準備。

她忽然拍了拍掌。

旁邊的一扇門竟立刻無風自開，一個人慢慢的走了進來。

一個三十多歲的中年人，身上穿著件狐皮袍子，外面還套著件藍布罩袍，看來就像是個規規矩矩的生意人。

這個人赫然竟是飛狐楊天！

丁麟的臉忽然間已因恐懼而扭曲，身子也開始不停的發抖。

楊天冷冷的看著他，臉上一點表情也沒有。胸口上竟赫然插著把刀，衣服上也還帶著血跡。

鐵姑道：「你認得這個人麼？」

丁麟點點頭，臉上的表情更恐懼。

他當然認得這個人，他的記憶並沒有完全喪失。

鐵姑道：「他現在已經是個死人了，你還記不記得是誰殺了他的？」

丁麟道：「是……是我。」

鐵姑道：「他本來是你的好朋友，但你卻殺了他。」

丁麟道：「是你要我去殺的。」

鐵姑道：「現在我要你去殺葉開，你去不去？」

丁麟道：「我……我去。」

鐵姑道：「你現在就去。」

他果然站了起來，慢慢的走了出去，他的身子還在發抖。

鐵姑道：「在門外等著，等韓貞帶你去。」

丁麟道：「我在門外等著，等韓貞帶我去，我一定要殺了葉開。」

等他走出門，鐵姑才對韓貞笑了笑，道：「現在你總該知道，他那好朋友是誰了吧。」

韓貞只有看著楊天苦笑。

鐵姑道：「你不認得他？」

楊天忽然冷冷道：「他不認得我，他不想交我這個朋友。」

他一反手，拔下了插在胸口的刀，卻只有刀柄。

只聽「嘣」的一聲，一截刀鋒自刀柄裡彈了出來，用指尖一按，刀鋒就又退入刀柄。

原來竟是把殺不死人的刀。

韓貞嘆了口氣，道：「世上既然有這種刀，就難怪會有你這種朋友了。」

鐵姑道：「可是你最好記住，這種刀和這種朋友，都不是沒有用處的。」

穿過了幾百株梅花，又來到飄香別院。

丁麟一直靜靜的跟在韓貞身後，韓貞走一步，他就走一步。

韓貞忽然停下來。

丁麟也停了下來。

韓貞回過頭，盯著他，道：「你的朋友西門十三已死了。」

丁麟道：「西門十三已死了？」

韓貞道：「你想不想知道他是死在什麼人手上的？」

丁麟道：「我不想知道他是死在什麼人手上。」

韓貞道：「但你若真是他的好朋友，就應該替他報仇。」

丁麟道：「我若真是他的好朋友，就應該替他報仇。」

你說一句話，他就跟著你說一遍，但你永遠不知道他是不是已真的瞭解你的意思。

韓貞嘆了口氣，道：「像這麼聰明的人，居然也會受人控制，我簡直不敢相信。」

他用眼角瞟著丁麟，丁麟臉上卻連一點表情都沒有。

韓貞又嘆了口氣，道：「前面有燈光的地方，就是飄香別院。」

丁麟道：「是。」

韓貞道：「葉開就在那裡。」

丁麟道：「是。」

韓貞道：「你真的能忍心下手？」

丁麟道：「是。」

韓貞道：「其實你本來不必真殺了他的。」

丁麟道：「我不必？」

韓貞道：「你可以抱住他，點住他的穴道，讓他動不了。」

丁麟道：「我可以讓他動不了。」

韓貞道：「那時我就會把那個壞女人帶走，帶得遠遠的，讓她永遠也看不見葉開。」

丁麟道：「讓她永遠也看不見葉開。」

韓貞道：「那麼你以後就可以永遠跟葉開厮守在一起了。」

他看著丁麟，丁麟迷惘的眼睛裡，果然像是發出了光。

韓貞道：「你說這法子是不是很好？」

丁麟道：「以後我就可以永遠跟葉開厮守在一起了？」

韓貞道：「不錯，而且我還可以保證，以後永遠再也沒有人會來拆散你們。」

丁麟想了想，目中又露出恐懼之色，道：「可是我殺了楊天，他做鬼也不會放過我的。」

韓貞微笑道：「你並沒有殺死他，他並沒有死。」

丁麟道：「我明明殺了他。」

韓貞忽然拿出了那柄他剛從地上撿起來的刀，道：「你是用這把刀殺了他的？」

丁麟道：「是。」

韓貞道：「但這柄刀卻是殺不死人的，你看……」

他微笑著，反手將這柄刀向自己胸上刺了下去。

他臉上的笑容突然僵硬。

剛才他輕輕一按，刀鋒就縮了回去。

但現在刀鋒竟不肯縮回去了。

他輕輕一刺，刀鋒竟已刺入了他胸膛，刺得雖不深，卻已見了血。

「見血封喉，必死無救。」

韓貞只覺得全身都已冰冷，從心口一直冷到了腳底。

突聽一人冷冷道：「你最好站著不要動，毒氣一動就發，你就死定了。」

韓貞當然站著不敢動，他已聽出了這是心姑的聲音。

心姑果然已從梅林外走了過來，後面還跟著一個人，竟是楊天。

韓貞連腿都軟了，想勉強笑一笑，卻偏偏笑不出。

心姑冷冷的看著他，道：「這把刀是魔刀，雖然殺不死別人，卻殺得死你。」

楊天冷笑道：「世上既然有你這種人，就有這種刀。」

心姑嫣然道：「一點也不錯，這種刀本就是專門爲了對付他這種人的。」

韓貞咳聲道：「我……我只不過……」

心姑沉下了臉，冷冷道：「你只不過是想出賣我們而已，所以你就得死。」

韓貞道：「但望姑娘看在衛八太爺面上，放過我這一次。」

心姑道：「你還想活下去？」

韓貞點點頭，冷汗已滾滾而下。

心姑道：「好，那麼你就乖乖的站在這裡，一動都不能動，連頭都不能點，等我高興的時候，也許會來救你的。」

韓貞苦著臉道：「卻不知姑娘什麼時候會高興？」

心姑悠然道：「這就難說得很了，通常我總是很高興的，可是一看見你這種人，我說不定又會忽然變得很生氣。」

韓貞咬著牙，只恨不得一拳打碎她的鼻子。

只可惜他就算真的有這種本事，他也不敢動，連指尖都不敢動。

心姑忽然伸出手，輕撫著他的臉，柔聲道：「其實我本想嫁給你的，可惜你竟連一點考驗都經不起，真叫我失望得很。」

她嘆了口氣，在韓貞臉上擰了一把，又正正反反給了他十來個耳刮子。韓貞簡直已忍不住要吐血，卻又只有忍受著。

楊天道：「是。」

心姑好像這才覺得滿意了，回過頭對楊天一笑，道：「現在你已可帶這位丁姑娘走了。」

心姑微笑著，看著他，道：「我知道你絕不會像他這麼沒良心的，是不是？」

楊天道：「我至少不會像他這麼笨。」

韓貞忽然覺得自己實在很笨，簡直恨不得自己一頭撞死。丁麟看著他，臉上還是一點表情也沒有。

楊天拍了拍他的肩，道：「跟我來。」

丁麟就跟著他走了。

楊天走一步，丁麟就走一步。兩個人很快的就已走出梅林。晚風中隱約傳來一陣歌聲，正是孩子們唱來哄泥娃娃的那種歌聲。

霧更濃了。窗戶裡的燈還亮著，楊天敲門。

「誰？」

「在下楊軒，是這裡的管事。」

「楊管事莫非不知道現在是什麼時候了？」男人的聲音，並不太客氣。

無論誰聽見半夜有人來敲門，都不會太客氣的。

楊天道：「在下也知道時候已不早，可是有位客人，一定急著要來見葉公子。」

「誰要來找我？」

「是位姓丁的姑娘，丁靈琳姑娘。」

「開門的一定就是葉開。」楊天已告訴丁麟，丁麟正站在門口。

門裡的燈光照出來，剛好照在他身上。一個穿著很隨便，長得卻很好看的年輕人剛拉開門，就怔住，臉上的表情又是驚訝，又是歡喜。

「真的是你。」

丁麟垂下了頭：「真的是我。」

葉開大笑，大笑著跳出來，一把抱住了她：「你不生我的氣了？」

他也抱住了葉開，他的手已點上了葉開腦袋的「玉枕穴」。葉開驚呼，放手，吃驚的瞪著丁麟。

丁麟道：「你不該爲了那個壞女人離開我的。」

葉開嘆了口氣，倒下。

六　七歲美人

葉開倒在地上。

這個被大家認爲是江湖中最難對付的一個人，忽然就已倒下，動也不能動了。

忽然間，這件事就已結束。

楊天在旁邊看著，也顯得很吃驚，他好像也想不到這件事竟結束得如此容易。

看來大家以前根本就不必那麼緊張的。

丁麟垂首看著地上的葉開，臉上帶著種迷惘的表情。

就在這時，一個人從屋裡衝出來——一個非常美的美人，手裡抱著個泥娃娃。

她看到了地上的葉開，美麗的眼睛裡充滿了憤怒和驚訝，忽然大叫：「你們打死了他，他是個好人，你們爲什麼要打死他？」

楊天忍不住問道：「你就是上官小仙？」

上官小仙點點頭，道：「你打死了他，你一定是個壞人。」

丁麟忽然大叫：「你才是個壞女人……」

他大叫著撲過去，彷彿要去掐斷這女人的咽喉。

可是他的手卻被拉住——被鐵姑拉住。

「你的事已做完了，現在一定很累，為什麼不躺下去睡一覺？」

聲音還是那麼神秘而優雅。

丁麟眼睛又發直，慢慢的點了點頭，道：「我累了，我要睡了。」

他竟真的躺了下去，就躺在門外的雪地上，就好像躺在張最舒服的床上一樣。

上官小仙又吃驚的看著他，忽又大叫：「我不是壞女人，我是個乖孩子，你才是壞女人，所以你現在死了。」

鐵姑柔聲道：「不錯，他才是個壞女人，葉開也是個壞男人。」

上官小仙道：「葉開是好人。」

鐵姑道：「他不是好人，他一直不肯讓你餵奶給寶寶吃，對不對？」

上官小仙想了想，道：「對，他一直不肯讓我餵奶給寶寶吃。」

鐵姑盯著她的眼睛，道：「寶寶現在一定餓得要命了。」

上官小仙道：「對，寶寶早就餓了，寶寶不哭，媽媽餵奶給你吃。」

她竟真的拉開了衣襟，露出了堅挺雪白的乳房。

楊天的呼吸立刻停止，心跳卻加快了三倍。

鐵姑嘆了口氣，目中卻有了笑意，道：「看來她簡直連七歲都不到。」

心姑冷笑道：「那也得看你看的是什麼地方了。」

鐵姑笑了。

心姑道：「你看她這對胸脯，我就不信她還沒有碰過男人。」

她咬著嘴唇，眼睛裡充滿了嫉妒。

無論哪個女人，看見上官小仙的胸膛，都一定會嫉妒的。

鐵姑已走到上官小仙身旁，摟住了她的肩，道：「你的寶寶好漂亮。」

上官小仙臉上立刻露出純真甜美的笑容，道：「他本來就是個乖寶寶。」

鐵姑道：「你讓我抱抱好不好？」

上官小仙遲疑著，道：「可是你一定要小心點，不能抱得太緊，寶寶怕疼。」

鐵姑笑道：「我知道，我也有個寶寶。」

上官小仙又遲疑了半晌，終於將泥娃娃交給了她。

鐵姑接過泥娃娃，忽然轉身就跑。

上官小仙立刻大叫：「你爲什麼要搶走我的寶寶……你是個壞女人。」

鐵姑在前面跑，她就在後面追。

兩個人一前一後，很快就跑出去了。

楊天還是呆呆的站在那裡，好像很驚奇，又好像很同情。

心姑瞪了他一眼，冷冷道：「餵奶的大姑娘已去了，你還在發什麼呆？」

楊天勉強笑了笑，道：「我……我只不過覺得這件事好像太簡單了。」

心姑道：「無論多困難的事，你只要先計劃得好，動手時都會很簡單的。」

楊天嘆了口氣，他不能不承認：「這件事計劃得實在很好。」

心姑看著他，忽又嫣然一笑，道：「我的胸脯比她還好看得多，你信不信？」

楊天怔了怔，臉已漲紅了，吃吃道：「我……我……」

心姑媚笑道：「以後我會讓你看看的，那時你就相信了。」

楊天心跳得更快。

心姑道：「現在你先把這姓葉的弄回去。」

楊天道：「這丁……丁姑娘呢？」

心姑道：「他會跟我走的。」

她用力踢了丁麟一腳，又回頭向楊天一笑，柔聲道：「只要你肯做個乖孩子，媽媽以後也會餵奶給你吃。」

鐵姑跑進了佛堂。

上官小仙也跟著追了進來：「把寶寶還給我，快還給我。」

鐵姑道：「你乖乖的坐下來，我就還給你。」

上官小仙立刻在蒲團上坐了下來。

鐵姑道：「我還有幾句話問你，你也要乖乖的跟我說。」

上官小仙點點頭。

鐵姑道：「你叫什麼名字？」

「上官小仙。」

鐵姑道：「你爸爸是什麼人？」

上官小仙道：「我爸爸是個神仙，我從來也沒有見過他。」

鐵姑道：「你媽媽呢？」

上官小仙道：「媽媽在睡覺。」

鐵姑道：「在什麼地方睡覺？」

上官小仙道：「在一個長長的木頭盒子裡睡覺，已睡了很久很久了。」

她臉上露出了悲哀之色，又道：「她說她很快就會醒的，可是她一直都沒有醒。」

鐵姑道：「你媽媽睡著了後，你就跟著誰了？」

上官小仙道：「我就跟著一個會飛的叔叔，媽媽要我叫他飛叔叔。」

鐵姑道：「然後呢？」

上官小仙道：「後來飛叔叔就去找葉開，叫我跟著他。」

鐵姑目中露出滿意之色，道：「那個飛叔叔一定對你很好。」

上官小仙道：「他很喜歡我，他對我很好，很好。」

鐵姑道：「他是不是送了很多東西給你？」

蝶。」

上官小仙道：「他替我買新衣服穿，又替我買好東西吃哩。」

鐵姑道：「還有個一隻手的叔叔呢，是不是也送了很多東西給你？」

上官小仙皺眉道：「一隻手的叔叔？」

鐵姑道：「你難道不記得他了？他身上總是穿著件黃衣服，樣子看起來很兇的。」

上官小仙突然拍手笑道：「我想起來了，有一天他去找飛叔叔，看見了我，還帶我去捉蝴蝶。」

鐵姑道：「他沒有送東西給你？」

上官小仙道：「他捉了好多好多蝴蝶送給我，好多好多蝴蝶，好好看。」

鐵姑道：「除了蝴蝶外，他還送了什麼東西給你？」

上官小仙道：「沒有了。」

鐵姑沉下了臉，道：「真的沒有了？」

上官小仙道：「真的。」

鐵姑目光閃動，道：「他有沒有告訴你什麼話？」

上官小仙道：「有。」

鐵姑立刻追問，道：「他告訴你什麼？」

上官小仙道：「他說有個地方，有好多好多好玩的東西，要我長大了去拿。」

鐵姑的眼睛又亮了，道：「他有沒有告訴你，那個地方在哪裡？」

上官小仙點點頭。

鐵姑道：「你記住了麼？」

上官小仙道：「他跟我說了好多好多遍，一定要我記住。」

鐵姑笑了，柔聲道：「我知道你是個又聽明，又聽話的乖孩子，只要你把他說的話告訴我，我就把寶寶還給你。」

上官小仙道：「可是那個叔叔說，叫我千萬不能告訴別人的。」

鐵姑道：「你告訴我沒關係，我是他很好很好的朋友，他不會怪你的。」

上官小仙遲疑著道：「可是他說，只要我把這件事告訴別人，我媽媽就永遠不會醒了。」

鐵姑又沉下臉，道：「你若不告訴我，我就把寶寶摔死。」

上官小仙的臉色變了，大叫道：「你不能摔死我的寶寶，他是個乖寶寶。」

鐵姑冷冷道：「我知道他又乖又聽話，可是只要我往地上一摔，你以後就再也見不到他了，也沒有人陪你玩了。」

上官小仙已經快哭了出來，流著淚道：「求求你……求求你……」

鐵姑道：「你求我也沒有用的，除非你能把那地方告訴我。」

上官小仙道：「只要我告訴你，你就把寶寶還給我？」

鐵姑道：「而且還幫你買好多好多新衣服穿，好多好多東西吃。」

上官小仙道：「好，我告訴你，那地方就在……」

她還沒有說出來，鐵姑突又大聲道：「等一等再說。」

上官小仙道：「為什麼？」

鐵姑冷笑，道：「因為這件事你只能告訴我一個人，千萬不能讓別人聽見。」

只聽門外有人輕輕咳嗽了一聲，楊天已抱著葉開走進來。

心姑也同時走了進來，丁麟跟在後面。

鐵姑沉著臉，厲笑道：「誰叫你把他們帶回來的？」

心姑道：「不帶回來怎麼辦？」

鐵姑道：「你難道不會殺了他們？」

心姑道：「兩個人都殺？」

鐵姑道：「你還想留下誰？」

心姑道：「現在就殺？」

鐵姑道：「現在就殺！」

葉開蜷曲在地上，看來已經像是個死人，丁麟雖然還能站著，可是兩眼發直，別人說要殺他，他卻好像聽不見。

心姑嘆了口氣，道：「這麼好看的男人，我實在捨不得下手。」

楊天冷冷道：「我捨得。」

心姑瞟了他一眼，嬌笑道：「你在吃醋。」

楊天道：「我不吃死人的醋。」

心姑道：「好，我給你刀。」

「噹」的一聲，一柄刀落在地上。

楊天彎腰撿了起來，看著丁麟，冷笑道：「你殺了我一次，現在我也要殺你一次，這筆帳現在就可以結清了，用不著等到後來。」

丁麟看著他手裡的刀，還是一點反應也沒有。

楊天目中露出殺機，一刀刺了過去。

突聽一人大喝道：「等一等。」

楊天縮回手，皺著眉回過頭，才發現叫他等一等的人是衛天鵬。

衛天鵬不知什麼時候已醒了，從軟榻上慢慢的坐了起來。

鐵姑皺眉道：「你爲什麼要他等一等？」

衛天鵬道：「這兩人你一定要殺？」

鐵姑道：「非殺不可。」

衛天鵬道：「就在這裡殺？」

鐵姑道：「就在這裡。」

衛天鵬道：「佛堂裡也能殺人？」

鐵姑道：「我們供的佛，本就是殺人的佛。」

衛天鵬嘆了口氣，道：「我也知道你絕不會留下葉開的，可是這姓丁的……」

鐵姑道：「你想留下他？」

衛天鵬道：「現在他已無異是個廢人，又何必還要他的命。」

楊天冷冷道：「衛八太爺莫非動了憐香惜玉之心，想回去收房再養個兒子？」

衛天鵬怒道：「你是什麼人，怎敢在我面前如此無禮！」

楊天道：「我只不過提醒你一聲，也免得你失望。」

衛天鵬道：「失望？」

楊天道：「這位丁姑娘是不會養兒子的。」

衛天鵬道：「你以為我不知道他是什麼人？」

楊天道：「既然知道，為什麼還要留下他的命？」

衛天鵬道：「等你到了我這種年紀，你就會知道，能不殺的人，還是不要殺的好。」

他嘆息著，慢慢道：「少年時殺人太多，等到老年時，就難免要後悔了。」

楊天冷笑道：「衛八太爺的心，幾時變得這麼軟的？」

衛天鵬道：「剛才。」

楊天道：「剛才？」

衛天鵬嘆道：「一個人知道自己有了兒女時，心情就會跟以前不同了。」

鐵姑突然冷笑，道：「你有了兒女，你以為我真是你的女兒？」

衛天鵬愕然道：「你不是？」

鐵姑冷笑道：「南海娘子這一生中，男人也不知有過多少個，兒女卻偏偏連半個也沒有。」

衛天鵬道：「你呢？」

鐵姑道：「我不是你的女兒，也不是她的女兒。」

衛天鵬道：「你……你究竟是什麼人？」

鐵姑道：「天魔無相，萬妙無方，上天入地，唯我獨尊。」

衛天鵬突然變色，道：「你是魔教的門下？」

心姑悠然道：「好叫衛八太爺得知，她就是『四大公主』中的三公主。」

衛天鵬面上已無血色，連話都說不出了。

鐵姑道：「南海娘子是本教的叛徒，自認爲已可與本教教主分庭抗禮。所以我就故意投入她門下，先學她的魔功，用她教給我的功夫殺了她。」

心姑道：「這是本教中的『以牙還牙，神龍無相大法』。」

衛天鵬臉如死灰，喃喃道：「原來你不是我的女兒……原來我沒有女兒……」

他反反覆的說著這兩句話，竟似已變得痴呆了，這件事對他的打擊，實在比砍他一刀還要令他痛苦。

心姑卻又道：「我們剛才故意救你，只不過因爲那時殺了你，對我們並沒有好處。」

鐵姑道：「但現在韓貞已知道我是你的女兒，父親死了，家財自然是由女兒繼承的。」

心姑道：「所以我們還讓韓貞活著。」

鐵姑道：「本教近年來人材輩出，重振雄風，唯我獨尊的時候也又快到了，所缺少的只不過是一些財力而已。」

心姑道：「但有了你和上官金虹的財富後，我們就已萬事俱備了。」

衛天鵬嘴裡還是在反反覆覆的說著那兩句話，突然大喝一聲，吐出了一口鮮血。

然後他的人就倒了下去。

鐵姑連看都不再看他一眼，冷冷道：「楊天，現在你還不動手？」

楊天也已面無人色，魔教的可怕，他以前只不過聽說而已，現在卻已親身體會到。

他手裡緊緊握著那柄碧綠碧綠的魔刀，第二次刺了出去。

丁麟動也不動的站著，既不知道躲避，也不知道閃避。

就在這時，突聽外面一聲慘呼，淒厲的叫聲，竟似好幾個人同時發出來的，又像是無數條餓狼同時被人割斷了咽喉。淒厲的呼聲突然響起，又突然停止。

楊天的手一鬆，似已連刀都拿不穩了，心姑驀然轉身，拉開了門。一個白衣人動也不動的站在門外，雪白的長袍上，濺滿了梅花般的鮮血，背後揹著卷草蓆，手裡拿著根短杖。

墨白來了。

心姑非但面不改色，反而嫣然一笑，道：「你既然來了，爲什麼站在門口呢？快請進來坐。」

墨白道：「站著就很好。」

心姑道：「你到這裡來，難道就是爲了站在這裡看門的？」

墨白道：「我到這裡來，也不是爲了上官小仙。」

心姑道：「真的不是？」

墨白道：「不是。」

心姑道：「聽說你們在青城山裡那地方，開銷也很大，也很缺錢用。」

墨白道：「我們有來路。」

心姑眨了眨眼，媚笑道：「那麼，你難道是爲了我來的？」

她本來一直冷如秋霜，彷彿神聖不可侵犯的樣子，但現在卻已變了，變成了個任何男人都想侵犯一下的女人。

誰知墨白卻還是無動於衷，冷冷道：「我也不是爲了女人來的。」

心姑笑道：「不是爲了女人來的，你……你喜歡男人？」

墨白道：「我是爲了葉開來的。」

心姑道：「你喜歡他？」

墨白道：「我喜歡殺了他。」

心姑道：「你跟他有仇？」

墨白道：「有。」

心姑道：「他殺了你老子？還是搶了你老婆？」

墨白沉下臉，道：「我只希望你們能把他交給我帶回去。」

心姑道：「我們本來就要殺了他的，你要動手，也無所謂，只不過……」

墨白道：「只不過怎麼樣？」

心姑道：「我又怎知你是要殺他？說不定你是想救他呢？」

鐵姑道：「好，給他刀，讓他下手。」

楊天一揮手，拋出了手裡的刀，「叮」的一聲，落在墨白腳下。

墨白用腳尖勾起，伸手抄住，慢慢的走了進來，眼睛盯著地上的葉開，突然一刀刺出。

他的出手好快。

但這一刀卻不是刺向葉開的，刀尖閃電般向鐵姑刺了過去。鐵姑彷彿完全想不到他這一著，竟來不及閃避。墨白的刀已刺上她心口。鐵姑的臉色沒有變，他的臉色反而變了。他已感覺到這柄刀的刀鋒竟是活的，一刀刺中，刀鋒竟縮了回來。

就在這時，只聽「叮」的一響，刀柄裡竟射出了三點寒星，打在墨白自己胸膛上。

他身子一震，眼珠子卻似已凸了出來，冷冰冰的一張臉也已因驚訝恐懼而扭曲變形。

鐵姑冷冷的看著他，道：「這是柄魔刀，魔刀不殺主人。」

原來刀跌在地上時，那「叮」的一響，刀柄中的機簧已變了。

黑白的臉由白變紅，忽然又變成了死灰色，咬著牙道：「你殺了我無妨，我的主人不會放過你的。」

鐵姑皺眉道：「你還有主人……你的主人是誰？」

墨白喉嚨裡「格格」發響，卻已說不出話來，忽然狂吼一聲，向鐵姑撲過去。

鐵姑動也不動。

墨白的手已掐上了她咽喉，可是他自己卻已先倒了下去。

鐵姑嘆了口氣，道：「這裡的人好像總該已死光了吧？」

心姑道：「只剩下葉開和丁靈琳兩個。」

楊天道：「我們爲什麼不讓他們作一對同命的鴛鴦？」

心姑道：「你出手若是快些，他們現在也不能再活著受罪了。」

楊天忽然從自己袖子裡抽出柄刀，一刀向葉開刺出：「這次我先殺他。」

突然間，又有一個人喝道：「等一等。」

這次叫他等一等的人，竟是鐵姑。

楊天忍不住叫道：「爲什麼還要等一等？」

鐵姑道：「墨白是爲了他而來的，而且不惜冒著生命之險，要帶他回去。」

心姑道：「他若真的跟葉開有仇，本來是可以在這裡動手的。」

鐵姑道：「只不過，看來他好像一定要將葉開帶回去。」

心姑道：「他爲什麼要這麼做呢？」

鐵姑道：「墨白不是呆子，他這樣做當然有用意。」

心姑眼珠子轉動著，道：「莫非葉開身上有什麼秘密？」

鐵姑道：「很可能。」

心姑笑道：「好，我先來搜一搜他。」

楊天道：「他是個男人，不如還是讓我來動手的好。」

心姑瞪眼道：「男人爲什麼我就搜不得？我就喜歡搜男人的身，尤其是搜漂亮的男人。」

楊天咬了咬牙，閉上了嘴。

心姑又笑了笑，道：「你若吃醋，等會兒我也可以搜一搜你。」

她媚笑著，蹲下身，伸手去解葉開的衣襟。

可是她的手剛伸出去，突然驚呼了一聲，縮回了手，就好像被毒蛇咬了一口。

鐵姑皺眉道：「什麼事大驚小怪的，難道你從來沒碰過男人？」

心姑滿面驚訝之色，道：「但他卻是個女人。」

鐵姑動容道：「女人？你說葉開是個女人？」

心姑道：「是個不折不扣，貨真價實的女人，胸脯好像比上官小仙還大。」

鐵姑目光閃動，冷笑道：「丁靈琳是個男人，葉開反而是個女人，這件事情真有趣。」

心姑道：「簡直愈來愈有趣了。」

鐵姑沉著臉，道：「不管他是男是女，先砍下他兩隻手再說。」

心姑一把奪過楊天手裡的刀，一刀砍下。

七　要命娃娃

這把刀寒光四射，顯然很鋒利，要砍下一個人的手來，實在比刀切豆腐還容易。

誰知就在這時，本來連動也不能動了的葉開，突然翻身，一腳踢向心姑的肚子。

心姑大驚，後退，恰好退在楊天面前。

楊天早已在等著她了，右手閃電般點了她背後五處穴道，左手攔腰一把將她抱住。

鐵姑的臉色變了。

楊天冷冷道：「你最好不要動，否則我就先殺了你這寶貝女兒。」

鐵姑沒有動。

她當然絕不是輕舉妄動的人。

這時「葉開」已笑嘻嘻的從地上站了起來，笑得又美又甜。

鐵姑忍不住道：「你……你真的是個女人？」

葉開嫣然道：「是個不折不扣，貨真價實的女人。」

鐵姑道：「你不是葉開？」

這個「葉開」笑道：「葉開是個不折不扣，貨真價實的男人，我怎麼會是葉開。」

鐵姑道：「你是誰？」

「丁靈琳。」

鐵姑愕然道：「你是丁靈琳？」

「是個不折不扣，貨真價實的丁靈琳。」

鐵姑怔住。

她臉上的表情，看來就像是忽然被人咬了一口。

那個「丁靈琳」還動也不動的站在那裡。

丁靈琳過去看他，笑道：「你一點也不像我嘛，我總要比你漂亮多了。」

他們實在一點也不像。

鐵姑忍不住又問道：「你若是丁靈琳，葉開呢？」

丁靈琳道：「葉開早就來了。」

鐵姑愕然道：「他早就來了？」

丁靈琳道：「不但早就來了，而且一直都在你面前。」

鐵姑道：「莫非是楊天？」

楊天笑道：「楊天就是楊天，不是葉開。」

鐵姑幾乎要瘋了，忍不住大叫道：「葉開究竟是誰？」

只聽一個人悠然道：「是我。」

「究竟誰是葉開？」

丁麟道：「是我！我就是葉開。」

他臉上那種迷惘痴呆的表情，忽然完全不見了，眼睛也不再發直。

忽然間，他已完全變了個人。

鐵姑看著他，臉上已連吃驚的表情都沒有了，什麼表情都沒有了。

她整個人都已發硬，硬得像是塊木頭——她自己也覺得自己像是塊木頭。

她這一生中，從來也沒有這麼吃驚過。

丁靈琳吃吃的笑著，從懷裡掏出塊雪白的絲巾，拋給葉開，道：「快把你臉上這些胭脂擦乾淨，免得我看著噁心。」

葉開微笑道：「你噁心？但卻偏偏有很多人認爲我美極了。」

丁靈琳道：「美個屁。」

葉開道：「若是不美，怎麼會有人認爲我像丁靈琳。」

丁靈琳忍不住笑道：「我若真的像你這樣子，我早就一頭撞死了。」

葉開道：「我若真的像你這樣子，你知道我會怎麼樣？」

丁靈琳挺起了胸道：「我這樣又哪點不好？」

葉開道：「也沒什麼不好，只不過胸挺得太高了些，所以才會被人家看破。」

丁靈琳的臉紅了，忽然伸手去解心姑的衣襟。

心姑本來一直垂著頭，好像奄奄一息的樣子，此刻才忍不住大叫道：「你想幹什麼？」

丁靈琳道：「也不想幹什麼，只不過你剛才要搜我的身，我現在也要搜搜你的身，我這人一向不吃虧的。」

楊天道：「要搜也該輪到我搜了。」

丁靈琳道：「但她是個女人。」

楊天道：「女人爲什麼我就搜不得，我就喜歡搜女人的身，尤其是漂亮女人。」

丁靈琳大笑，楊天也大笑。

他們有資格笑，因爲他們做的這件事，實在是精彩絕倫。

鐵姑看來卻似已連哭都哭不出了。

上官小仙已從她手裡搶回了那泥娃娃：「寶寶乖，乖寶寶，媽媽再也不會讓壞人搶走你了。」

這泥娃娃才是她關心的，別的人無論發生了什麼事，她都不管，她也不能管。

孩子們豈非總以爲自己的幻想是真實的。

但鐵姑的幻想卻已成了泡影。

她本來以爲所有的人都已入了她的圈套，現在才知道原來她自己一直都在葉開的圈套裡，她的幻想豈非也正如這白痴手裡的泥娃娃一樣？

她看著葉開，忍不住長長嘆息了一聲，道：「我現在才相信了。」

葉開道：「相信了什麼？」

鐵姑苦笑道：「相信你是天下最難纏，最可怕的一個人。」

葉開也嘆了口氣，苦笑道：「我承認，我的確不能算是個君子。」

鐵姑道：「能承認自己不是個君子，也是件不容易的事。」

葉開道：「肯自己認輸更不容易。」

鐵姑道：「你早已知道我們這些人會在這裡等著你了？」

葉開點點頭。

鐵姑道：「所以你就跟楊天商量好，叫他故意來投靠我，讓我以爲丁麟就是丁靈琳的兄弟，再幫著我出主意，要我將丁麟扮成丁靈琳。」

葉開笑道：「這本來就是個好主意，我知道你一定會接受的。」

鐵姑道：「然後你再以丁麟的身分出現，故意讓我抓住你。」

葉開道：「我本來就是丁麟。」

鐵姑不懂，道：「你究竟是葉開？還是丁麟？」

葉開道：「葉開也就是丁麟。」

鐵姑更不懂了。

葉開道：「丁麟只不過是我以前闖江湖的時候，用過的一個名字。」

鐵姑終於懂了，苦笑道：「你一共究竟用過幾個名字？」

葉開道：「不多。」

鐵姑道：「你用過的名字，全都出名。」

葉開笑道：「我運氣一向不錯。」

鐵姑嘆了口氣，道：「看來我實在不該選中你這麼樣一個人做對手的。」

丁靈琳嫣然道：「你選錯了，我卻沒有選錯。」

她看著葉開，美麗的眼睛裡充滿了愛慕和尊敬。

鐵姑道：「你難道根本就沒有跟他吵翻？」

丁靈琳道：「誰說我沒有，我跟他不知吵翻過多少次。」

她紅著臉一笑，又道：「可是我們每次吵翻了之後，不出三天，我就又想去找他了。」

鐵姑嘆道：「我本該早就想到的。」

丁靈琳道：「想到什麼？」

鐵姑道：「像他這樣的男人並不多，我若是你，我也絕不會真的不理他。」

丁靈琳道：「所以我一定會好好的看著他，不讓別人來打他的主意。」

她的笑容看來也變得有點像狐狸了。

鐵姑又嘆道：「不管怎麼樣，我連作夢都想不到你會扮成葉開。」

丁靈琳道：「葉開既然不在，總得有個人保護小仙的，用我來保護她，豈非再安全也沒有了。」

鐵姑承認：「的確再安全也沒有了。」

她悠然接著道：「由你看著她，非但別人動不了她，葉開也動不了。」

丁靈琳道：「葉開根本就不會打她的主意。」

鐵姑道：「你好像很有自信？」

丁靈琳道：「我一直都有，所以誰也休想來挑撥離間。」

鐵姑只有苦笑著轉向葉開：「我也想不到我的攝魂大法，對你竟好像連一點用也沒有。」

葉開道：「的確用處不大。」

鐵姑道：「其實我也早就該想到的。」

葉開道：「想到什麼？」

鐵姑道：「聽說你的母親，以前也是本教中的人，可是爲了一個姓白的，二十年前就已叛教了。」

葉開目中露出痛苦之色，他顯然不願聽別人提起這回事。

所以鐵姑就偏偏要提：「魔教中有四大天王，四大公主，你母親就是其中之一，我也是其中之一，所以你本該叫我一聲姑姑才對。」

葉開沉著臉，道：「你們要殺我，這當然也是其中原因之一。」

鐵姑也沉下臉，道：「我不否認，本教的叛徒，沒有一個能逃脫門規處治的。」

葉開道：「哦？」

鐵姑道：「不但她本身要受門規處分，她的後代也一樣。」

葉開道：「我只希望你明白一件事。」

鐵姑道：「你說。」

葉開道：「家母早已不是你們魔教的人，和你們再也沒有半點關係。」

鐵姑冷冷道：「無論誰只要入了本教一天，就終生都是本教的人，這種關係是永遠也斬不斷的。」

葉開淡淡道：「你既然是個聰明人，現在就不該說這種話的。」

鐵姑道：「爲什麼？」

葉開道：「現在你好像只有等著我來處治你。」

鐵姑道：「我說這些話只不過要你明白，你的血裡也有我們的血，只要你願意回來，我們隨時都歡迎你。」

葉開道：「我會記著的。」

丁靈琳道：「可是他絕不會回去。」

鐵姑道：「那麼你們兩個人都要後悔的。」

葉開道：「哦！」

鐵姑道：「本教這次在神山絕頂，重立宗主，再開教門，四大天王和四大公主的三項決議中，其中有一樣就是要處治叛徒。」
葉開道：「所以你要我小心些？」
鐵姑冷冷道：「五十年來，本教一共只有五個叛徒，如今已死了四個。」
葉開道：「再加上我就是五個。」
鐵姑道：「不錯。」
葉開道：「只可惜我好像已不會死了。」
鐵姑道：「你逃過了第一次，未必還能逃過第二次，就算又逃過第二次，還有第三次，第四次，只要你不死，你就得時時刻刻的提防著，所以你就算活著，也休想過一天安穩的日子。」
葉開道：「我知道了。」
鐵姑道：「你不在乎？」
葉開道：「我很在乎，也很怕。」
鐵姑道：「那麼你現在就該帶著上官小仙跟我回去，將功抵罪。」
葉開笑了。
鐵姑道：「我說的話並不好笑。」
葉開微笑著，道：「我也很怕狗咬我，難道我就該跟著狗去吃屎？」
丁靈琳吃吃的笑了，笑得彎下了腰。

鐵姑的臉色卻已鐵青。

葉開道：「我早就知道你們要來對付我了，可是我這麼樣做，卻不是爲了要對付你們。」

鐵姑道：「哦！」

葉開淡淡笑道：「若是爲了對付你們，我根本不必費這麼多事。」

鐵姑冷笑道：「你當然知道衛天鵬和墨白也要來對付你，所以你故意先讓我們得手，好叫他們跟我火併，等我們先自相殘殺，你才好暗算於我。」

葉開嘆了口氣，道：「若是爲了對付衛天鵬和墨白，我更不必費這麼大的事了。」

丁靈琳笑道：「要他情願扮成個女人，實在不是件容易事。」

鐵姑忍不住道：「你這麼樣做，究竟是爲了要對付誰？」

葉開道：「是另外一個人，這個人遠比你們加起來還要可怕得多。」

鐵姑不住的冷笑。

葉開道：「我們要到這裡來，你們本不會知道的。」

這一點鐵姑倒不能不承認。

葉開道：「可是這個人卻知道了，所以他故意將消息散佈出去，讓你們到這裡來找我。」

鐵姑道：「他也想讓我們先跟你拚一場，他才漁翁得利。」

葉開道：「不錯。」

鐵姑顯然也已被打動，沉吟著道：「好幾個月前，我們的確曾經接到過一封無頭信，信上說的，正是你跟上官小仙的秘密，若不是這封信，我們根本就不會想到來打你的主意。」

葉開道：「你們接到了這麼樣一封信，難道一點也不覺得奇怪？」

鐵姑道：「因爲他在那信上說，他是你的仇人，寫這封信給我們，爲的只不過是要借我們的手，替他報仇。」

葉開嘆道：「這倒也不能算不合理。」

鐵姑道：「經過我們查證後，發現他說的並不假，所以我們才決定動手。」

葉開道：「墨白、衛八太爺和陰陽城主，想必也因爲接到了一封同樣的信，所以才出手的。」

鐵姑道：「現在我才想到，他寫這封信，爲的可能真是要利用我們來先跟你拚一場，然後他再來撿便宜。」

葉開苦笑道：「你總算想通了。」

鐵姑道：「你也不知道是誰寫的這封信？」

葉開道：「我連猜都猜不出。」

鐵姑道：「你們的行動，他全都知道得一清二楚，但你們卻連他是誰都不知道？」

葉開道：「正因爲如此，所以我才覺得他可怕。」

鐵姑嘆了口氣，悠然道：「這麼樣說來，我們也實在很想見見他了。」

葉開道：「我本來已算準你們得手之後，他一定就會出現的。」

鐵姑道：「所以你一直在等著。」

葉開道：「我也很想看看他。」

鐵姑道：「只可惜我們竟在無意中揭穿了你的秘密，所以你也等不下去了。」

葉開嘆道：「所以你實在應該讓我再多等一等的。」

鐵姑道：「你認爲他現在已不肯來了？」

葉開嘆了口氣，道：「他好像不願當面見我，否則又何必等到現在？」

鐵姑道：「所以你現在就算再等下去，也沒有用了。」

葉開承認。

鐵姑忽然笑了笑，道：「那麼，你現在爲什麼還不走？」

葉開道：「遲早我總是會走的。」

鐵姑道：「你最好快走。」

葉開道：「哦！」

鐵姑道：「帶著你的兩個女人一起走，我保證以後絕不再找你們。」

葉開也笑了，道：「你難道就叫我這麼樣一走了之？」

鐵姑冷笑道：「你不走又能怎麼樣？難道還能殺了我？」

葉開微笑道：「魔教中的人，是不是殺不得的？」

鐵姑冷笑道：「你若一定要和本教作對，我也並無所謂，只不過我也可以保證，無論誰和本教作對，都絕不會有什麼好下場。」

葉開又嘆了口氣，道：「這倒不假。」

鐵姑道：「你若殺了本教中一個人，我保證你們從此以後，再也休想過一天太平日子。」

葉開道：「我若放了你呢？」

鐵姑道：「我剛才已答應過你，從此以後，你們無論到哪裡去，本教中的人都絕不會再去找你。」

葉開沉吟著，道：「這條件好像還不壞。」

鐵姑道：「所以你應該考慮考慮。」

葉開道：「可是你剛才還要我們跟著你回去的。」

鐵姑道：「現在我已改變了主意。」

葉開道：「你的主意既然隨時都會改變，我又怎麼能相信你的話？」

鐵姑道：「你只好相信。」

葉開又笑了。

鐵姑道：「我提醒你，連李尋歡都不願和本教作對，何況你？」

她冷笑著，又道：「莫忘記你還帶著個只有七歲大的孩子，就算你能照顧自己，她若萬一有了什麼意外，你也一樣不好交代的。」

葉開忍不住看了上官小仙一眼。

上官小仙正在輕輕拖著懷裡的泥娃娃，抬起頭來，向他嫣然一笑，道：「寶寶已睡覺了，剛才你救了他，現在我可以讓你抱他一下。」

葉開眨了眨眼，道：「他會不會把尿撒在我身上？」

上官小仙笑道：「寶寶不會的，寶寶又乖又聽話。」

她竟然真的走過來，將泥娃娃交給了葉開。

葉開只有接過來，苦笑道：「我只抱一下子就夠了，我一向很容易知足。」

上官小仙拉起了丁靈琳的手，笑道：「等他抱過了，你也可以抱一下。」

丁靈琳趕緊搖頭，道：「我昨天已經抱過他了，這麼開心的事，不能天天做的，就像吃糖一樣，若是天天吃，就……」

她的聲音突然停頓，臉色已變了，吃驚的瞪著上官小仙，失聲道：「你……」

一個你剛說出來，她的人已倒了下去。

就在這時，只聽那泥娃娃肚子裡「波」的一響，葉開的臉色也變了，突然彎下腰去，就像是被人在肚子上重重打了一拳。

他的手已鬆開，手裡泥娃娃跌在地上，「噗」的一聲，跌得粉碎。

一樣亮亮的東西從粉碎的泥娃娃肚子裡滾出來，竟是個打造得極精巧的機簧暗器鋼筒。

葉開雙手按著肚子，滿臉冷汗滾滾而落，想說話，卻連一個字也說不出。

上官小仙噘著小嘴道：「你看你，摔破了我的寶寶，難怪你肚子要痛了。」

葉開看著他，眼睛裡充滿了恐懼和驚訝，突然大吼一聲：「你……」

這個字沒說完，他的人也已倒下。

鐵姑的臉色也變了，這變化實在連她都覺得大吃一驚。

只有楊天卻還是面帶著微笑，用一隻手摟著心姑的腰。

鐵姑看了他一眼，又吃驚的瞪著上官小仙。

上官小仙也笑了，笑得又甜蜜，又嬌媚，臉上那種痴痴呆呆的表情，已完全不見了。

鐵姑忍不住嘆了口氣，苦笑道：「是你，原來是你。」

上官小仙嬌笑道：「連你也想不到？」

鐵姑道：「我實在連作夢都想不到。」

上官小仙道：「你也佩服我？」

鐵姑苦笑道：「看來我想不佩服都很難。」

上官小仙拍手笑道：「想不到居然也有人佩服我，我簡直開心死了。」

鐵姑道：「葉開一定更佩服你。」

上官小仙道：「哦！」

鐵姑道：「他一心一意的保護你，想不到你根本竟用不著他來保護，他一心想找出那個主謀要害你的人，想不到這個人就是你自己。」

她又嘆了口氣，道：「葉開呀葉開，你自以爲聰明絕頂，自以爲了不起，其實你連人家一根手指頭都比不上。」

上官小仙笑道：「你難道忘了我是什麼人的女兒？」

鐵姑笑道：「我早就該想到的。」

她的確早就該想到的。

上官金虹和林仙兒的女兒，又怎麼會是個白痴？

曙色已剛剛降臨，燈光已黯淡下來。

上官小仙的眼睛卻更亮，現在無論誰都已看得出，她絕不是個白痴。

鐵姑道：「看來連荆無命和阿飛也全都被你騙過了。」

上官小仙笑道：「男人豈非天生就該上女人當的。」

鐵姑道：「他們都以爲你是呆子，是白痴，卻不知真正的白痴並不是你，在你眼睛裡看來，他們才是真正的白痴。」

上官小仙道：「不是白痴的男人還不多。」

鐵姑道：「楊天不是。」

上官小仙道：「他當然不是。」

鐵姑道：「只有他知道你的秘密。」

上官小仙用眼瞟著楊天，媚笑道：「一個女人至少總得找一個能使她倚靠的男人，否則她豈不太寂寞了。」

鐵姑冷笑道：「看來你並沒有找錯人，像他這樣的男人，實在不多。」

上官小仙笑得更甜，道：「我的眼光一向都不錯。」

鐵姑道：「那封信是你寫的？還是他寫的？」

上官小仙道：「當然是他，他寫的字比我漂亮多了。」

鐵姑道：「你要我們到這裡來，爲了你找葉開拚命，等我們兩敗俱傷，你才好坐享其成？」

上官小仙柔聲道：「我總覺得這世上的人太擠了，多死幾個也沒關係。」

鐵姑嘆道：「看來你這計劃實在是天衣無縫，神出鬼沒，難怪葉開都上了你的當。」

上官小仙道：「要他上當，的確並不是件容易事。」

鐵姑突然冷笑道：「只可惜你還是做錯了一件事。」

上官小仙道：「什麼事？」

鐵姑冷冷道：「你不該把我們也拉進這圈渾水裡來的。」

上官小仙道：「哦！」

鐵姑道：「我說過，無論誰要跟本教作對，都絕不會有什麼好處，你也不例外。」

上官小仙瞪著眼，道：「誰說我要跟你們作對的？我根本就沒有這意思。」

鐵姑道：「你真的沒有？」

上官小仙道：「我當然沒有。」

鐵姑道：「可是你……」

上官小仙打斷了她的話，道：「你知不知道你們的魔教最近跟一個人有了密約？」

鐵姑的臉色又變了。

她當然知道，但她卻想不出上官小仙怎麼會知道的，這本是個極大的秘密。

上官小仙點了點頭，又道：「你知不知道跟你們魔教訂約的那個人是誰？」

鐵姑的眼睛突然亮了起來：「那個人難道就是你？」

上官小仙嫣然道：「其實你早就該想到的。」

鐵姑苦笑道：「我還是連作夢都想不到。」

上官小仙道：「你至少總該知道，你們的魔教四大天王是多精明，多厲害的人。」

鐵姑承認。

上官小仙道：「不是我們早已有了密約，他們又怎麼會爲了一封無頭信而勞師動眾？」

鐵姑道：「他們難道早已知道那封信是你寫的？」

上官小仙正色道：「這件事本是我們早就商量好了的，他們怎麼會不知道？」

鐵姑也笑了，道：「你做的事，好像每件都是別人連作夢都想不到的。」

上官小仙嫣然道：「我若不是這樣一個人，你們的魔教又怎麼肯跟我訂攻守同盟的密約？」

心姑忍不住道：「我們既然是朋友，你為什麼還不放了我？」

上官小仙笑道：「你看我，竟差點把你忘了。」

心姑也笑道：「只要你現在能想起來，就好。」

上官小仙道：「楊天，你為什麼還不拍開這位姑娘的穴道？」

楊天道：「是！」

他微笑著，一掌拍了下去。

心姑突然一聲慘呼，一口鮮血隨著驚呼聲噴了出來，身子突然軟軟的彎了下來，脊椎竟已被他一掌活生生地拍斷。

上官小仙皺眉道：「我只不過要你拍開她的穴道，誰叫你用這麼大力氣的。」

楊天道：「我豈非已經拍開了她的穴道？」

上官小仙道：「可是她的人也被你拍死了。」

楊天淡淡道：「我只管拍開她的穴道，她的人是死是活，我管不著。」

上官小仙嫣然一笑，道：「這話倒也並不是完全沒有道理。」

鐵姑突然凌空翻身，想衝出去。

可是她的去路已被上官小仙擋住。

她咬了咬牙，一把拉下了自己的頭髮，抬腕抽出柄彎刀。

刀光一閃，竟不是刺向上官小仙，反而向她自己的肩頭刺了下去。

誰知上官小仙的衣袖裡也已飛出了條緞帶，忽然間就像毒蛇般纏住了她的手。

「我想死也不行？」

上官小仙嘆了口氣，道：「你當然可以死，但我卻不想死在你手裡。」

鐵姑道：「我並沒有要殺你。」

上官小仙淡淡道：「我知道，你只不過想用『神刀化血、魔血大法』來對付我而已，你的血濺出來，我只要沾上一點，還不如被你一刀殺了反而痛快些。」

鐵姑變色道：「你也知道魔血大法？」

上官小仙道：「你們魔教的十大神功，我不知道的倒還不多。」

鐵姑突然張嘴，像是要咬斷自己的舌頭。

可是她的下巴忽然也被纏住。

上官小仙的出手，竟彷彿比她的思想動得還快。

鐵姑的全身都已冷透。

上官小仙嘆道：「我說過，你們的十大魔功，在我面前是連一點用都沒有的，我甚至可以表演一、兩種給你看看。」

她忽然放開了鐵姑的下巴，奪下了那柄彎刀，送到自己嘴裡，竟像是吃甘蔗一樣，將這柄刀一截截咬斷，吞了下去。

然後她又微笑著道：「你看，你們的『嚼鐵大法』，我豈非也一樣能用？」

鐵姑連眼珠子都似已因恐懼而凸出，驚聲道：「你……你究竟想怎麼樣？」

上官小仙道：「你自己應該知道的，爲什麼還要問我？」

鐵姑道：「你既然是魔教的盟友，爲什麼要對我們下毒手？」

上官小仙柔聲道：「就因爲我是魔教的盟友，所以才想不到我會對你們下毒手，所以我才可以放心殺了你們。」

她微笑著又道：「你自己也說過，我們的事，都是別人連作夢都想不到的。」

這句話還沒有說完，她已突然出手，手裡的半截彎刀，已刺入鐵姑的咽喉。

鐵姑眼珠子立刻凸出，連一個字都沒有再說出來，就已倒下。

上官小仙看著她倒下去，輕輕嘆息，道：「我從來也不覺得殺人是件愉快的事，爲什麼偏偏有很多人喜歡殺人呢？」

楊天微笑道：「因爲這世上的人已太多了。」

上官小仙嫣然道：「看來這世上也只有你才是我的知己。」

楊天道：「我本來就是條狐狸，會飛的狐狸。」

上官小仙笑道：「這外號取得倒真不錯。」

楊天道：「一個人的名字會取錯，外號那是絕不會錯的。」

上官小仙道：「可是那兄弟兩個人卻並不像珍珠，最多也只不過像兩個土豆而已。」

楊天大笑。

上官小仙道：「現在他們的人呢？」

楊天道：「剛才他們要我帶他們到飄香別院去，我就將他們帶進了棺材。」

上官小仙嘆道：「可惜了那兩口棺材。」

楊天道：「然後我就把他們的斷劍，放在飄香別院外的雪地上，故意讓韓貞看見，別人才會認為他們是被葉開殺了的。」

上官小仙又笑道：「你果然是條狐狸。」

楊天道：「他們若是真到了飄香別院，逼著冒牌葉開丁靈琳出手，把戲豈非早就揭穿了？」

上官小仙道：「你千萬莫小看了這位丁姑娘，她的功夫很不錯。」

楊天笑了笑，道：「我從來也不敢小看任何女人的。」

上官小仙又問：「韓貞呢？」

楊天道：「他想必還站在那梅林裡，等著心姑去救他。」

上官小仙道：「他想必已等得急死了。」

楊天笑道：「一個人孤孤單單的站在雪地裡，那滋味的確不好受。」

上官小仙眼波流動，道：「你為什麼還不去解除他的痛苦？」

楊天道：「用不著我去，他自己遲早會替自己解決的。」

上官小仙道：「可是你為什麼不去讓他少受點罪呢？一個人總該做一、兩件好事的。」

楊天道：「你要我去？」

上官小仙柔聲道：「我要你去，我喜歡常常做好事的人。」

楊天嘆了口氣，道：「我本來規定自己，一天最多只殺一個人的，今天看樣子卻要破例了。」

八　金錢幫主

楊天走了，曙色已照進窗戶。

上官小仙看著倒在地上的墨白、衛天鵬、心姑和鐵姑，臉上又露出甜柔的微笑，喃喃道：「這地方看來的確已寬敞多了……」

曙色照進窗戶，這一夜雖然長，總算已過去。

上官小仙俯下身，輕輕搖著葉開的身子，柔聲道：「天早已亮了，你這懶蟲還不起來？」

葉開呻吟了一聲，竟真的張開眼睛，茫然四下望了一眼，彷彿想掙扎著站起來，又跌倒。他全身已連一點力氣都沒有。

上官小仙看著他，眼睛裡充滿了關懷，道：「你不舒服？」

葉開點點頭，苦笑道：「我好像病了。」

上官小仙道：「什麼病？」

葉開道：「笨病。」

上官小仙笑道：「笨也是病？」

葉開道：「不但是病，而且是種很厲害的病。」

上官小仙道：「嗯。」
葉開道：「你知不知狗熊他奶奶是怎麼死的？」
上官小仙道：「不知道。」
葉開道：「是笨死的。」
上官小仙笑道：「怎麼會有笨死的人？」
葉開嘆道：「我本來也不相信，現在才知道，這世上笨死的人好像並不少。」
上官小仙道：「你怕你自己也會笨死。」
葉開道：「我已經病得很厲害了。」
上官小仙嘆道：「其實你並不笨，只不過心太軟了一點而已。」
葉開苦笑道：「若是心不軟，我怎麼會替人家抱泥娃娃？」
上官小仙道：「那不是泥娃娃，那是我的好寶寶，乖寶寶。」
葉開道：「他好像並不乖，他會咬人。」
上官小仙也笑了，道：「但是他並不想真的咬死你，否則你用不著等到笨死，已經被毒死了。」
葉開道：「你把他交給我的時候，已扭開了他肚子裡的機簧？」
上官小仙道：「並沒有完全扭開，只開了一半。」
葉開道：「等我看見丁靈琳倒下去，手上一用力，機簧完全開了。」

上官小仙笑道：「他雖然叮了你一下，可是你也報了仇。」

她指著地上破碎的泥娃娃，道：「你看，他現在豈非已經被你摔死了。」

葉開沒有看這泥娃娃。

若有好幾個死人在旁邊時，誰也不會去看泥娃娃的。

看著地上的屍身，葉開忍不住長嘆道：「看來你果然不愧是上官金虹和林仙兒的女兒。」

上官小仙道：「哦！」

葉開道：「林仙兒的心毒，上官金虹的手狠，這兩種優點你一個人就佔全了。」

上官小仙微笑道：「你慢慢就會發現，我別的優點還很多。」

葉開道：「現在我只想問你一句話。」

上官小仙道：「你問。」

葉開道：「你是不是人？」

上官小仙還是面不改色，微笑道：「當然是人，是個女人，而且還是個很好看的女人。」

葉開道：「只可惜我看你並不像是個人，人不會做出這種事來的。」

上官小仙道：「什麼事？」

葉開道：「你要害我，我明白，因爲你要報仇，因爲我恰巧是小李探花的弟子。」

上官小仙笑道：「這真是巧得很。」

葉開道：「但這些人卻跟你完全無冤無仇，你爲什麼要殺了他們？」

上官小仙道：「因爲一樣東西。」
葉開道：「什麼東西？」
上官小仙道：「你看這是什麼？」
她果然拿出了一樣東西，黃澄澄的，閃著金光。
葉開道：「這是一文錢。」
上官小仙道：「什麼錢？」
葉開道：「金錢。」
上官小仙道：「你看不看得出錢上的字？」
葉開當然看得出，錢上有四個字。
「役鬼通神」。

第一縷陽光從窗外照進來，恰巧照在這枚金錢上。
上官小仙的眼睛裡也在閃著光，道：「錢能役鬼，也能通神，你慢慢也會發現，這世上絕沒有比錢再好的東西了。」
葉開已聳然動容，道：「這就是昔年『金錢幫』的標誌。」
上官小仙點點頭，道：「金錢幫是上官金虹創立的，我恰巧是上官金虹的女兒。」
葉開嘆道：「真是太巧了。」

上官小仙道：「上官金虹雖然死了，我卻還沒有死。」
葉開道：「所以你要重振金錢幫？」
上官小仙道：「我至少總不能眼看著金錢幫就此毀滅。」
葉開道：「這件事你已計劃了很久？」
上官小仙道：「不但已計劃了很久，而且計劃得很好。」
葉開道：「連楊天都被你收買了？」
上官小仙道：「他本就是條狐狸，會飛的狐狸。」
葉開道：「不但會飛，而且還會咬人，專咬朋友。」
上官小仙笑了笑，道：「幸好我並不是他的朋友。」
葉開道：「你是他的什麼人？」
上官小仙道：「是他的老闆，是他的幫主。」
葉開動容道：「你已經是金錢幫的幫主？」
上官小仙悠然道：「父親的事業，豈非總是由子女繼承的？」
葉開忍不住問道：「除了楊天外，你的夥計還有多少？」
上官小仙道：「夥計不計其數，大夥計卻只有六個。」
葉開道：「六個？」
上官小仙道：「金錢幫的規矩，本有兩大護法，四大堂主。」

葉開道：「這規矩我以前怎不知道？」

上官小仙道：「因爲這是剛訂的規矩。」

葉開道：「是誰訂的？」

上官小仙道：「我。」

葉開只有苦笑。

上官小仙道：「現在四大堂主我已找全了，楊天就是其中之一。」

葉開道：「還有三個是什麼人？」

上官小仙笑得很神秘，道：「你以後慢慢總會知道的。」

葉開道：「現在我猜不出？」

上官小仙道：「你連作夢都想不到。」

葉開又嘆了口氣，道：「兩大護法呢？」

上官小仙道：「兩大護法等於是我的左右手，我當然不能馬虎。」

葉開道：「所以你只找到一個。」

上官小仙笑得更神秘，道：「現在我正在找第二個。」

葉開道：「找誰？」

上官小仙道：「你。」

葉開大笑。

上官小仙道：「我並不是在說笑話，只要你答應，你就是金錢幫的第一護法。」
葉開笑道：「我若答應，你肯相信？」
上官小仙也嘆了口氣，道：「我不相信。」
她凝視著葉開，嘆息著又道：「你看來實在不像是個能讓女人信任的男人。」
葉開道：「那麼我們這交易豈非根本就談不成？」
上官小仙嘆道：「所以這實在是件很遺憾的事。」
葉開道：「所以你只好殺了我了。」
上官小仙道：「我並不著急。」
葉開道：「我著急。」
上官小仙道：「你急什麼？」
葉開道：「萬一我忽然又有了力氣，一下子跳起來把你抓住，糊里糊塗的把你當泥娃娃摔破了，豈非很不好意思。」
上官小仙笑道：「那實在很不好意思，幸好你不會忽然有力氣的。」
葉開道：「哦？」
上官小仙道：「你中的針上雖然沒有毒，卻有迷藥。」
葉開道：「迷藥？」
上官小仙道：「一種能讓人渾身都軟綿綿的迷藥，只有一口氣喝下五斤酒去，才能解得開。」

葉開笑道：「這種藥一定是酒鬼做出來的，恰巧我也是個酒鬼。」

上官小仙道：「不巧的是，這附近連一兩酒都沒有。」

葉開的笑又變成苦笑，道：「你實在不是個好主人，連酒都不爲客人準備一點。」

上官小仙眼波流動，媚笑道：「你應該知道，我一向只餵奶給別人吃的。」

葉開道：「可惜我不是泥娃娃。」

上官小仙笑道：「誰說你不是？我以後就要把你當做我的泥娃娃。」

她笑得雖甜，葉開心裡卻已發冷。

只要真做了這個女人的泥娃娃，那種滋味一定比死還難受。

就在這時，他看見楊天走了進來。

楊天的臉色很難看，看來就像是個嫉妒的丈夫。

上官小仙皺著眉回過頭，立刻又嫣然一笑，道：「你看來並不像剛殺過人的樣子，你殺過人之後，總是很開心的。」

楊天沉著臉，道：「我實在沒法子開心。」

上官小仙道：「爲什麼？」

楊天道：「因爲我沒有人可殺。」

上官小仙道：「人呢？」

楊天道：「人不見了。」

人不見了！

上官小仙又皺起了眉，道：「你是說，韓貞不見了？」

楊天道：「是。」

上官小仙道：「他整個人都不見了。」

楊天道：「完完全全的不見了，連一根骨頭都沒有留下來。」

上官小仙道：「難道他忽然被個大怪物吞了下去？」

楊天道：「他是自己走的。」

上官小仙道：「你查過了雪地上的腳印？」

楊天道：「查過三遍。」

上官小仙道：「腳步是往什麼地方去的？」

楊天道：「出了梅林，腳印也忽然不見了。」

上官小仙道：「你沒有到附近找過？」

楊天道：「找過三遍。」

上官小仙道：「你找不到？」

楊天道：「連一根骨頭都找不到。」

上官小仙道：「地上有沒有別人的腳印？」

楊天道：「還是只有剛才幾個人的腳印。」

上官小仙道：「只有心姑、丁麟、我們的腳印？」

楊天道：「不錯。」

上官小仙道：「所以他也不可能是被別人殺了再架走的？」

楊天道：「絕不可能。」

在地上留下腳印的人，現在都絕不可能到那裡去殺人。

上官小仙沉吟著道：「他中了毒，只要一走動，立刻就可毒發致命。」

楊天道：「不錯。」

上官小仙道：「所以我們本來都以爲他絕不敢走動的。」

楊天道：「不錯。」

上官小仙道：「可是他現在卻已走了。」

楊天道：「不錯。」

上官小仙忽然嘆了口氣，道：「但我們卻錯了，我們全都看錯了他。」

楊天同意。

上官小仙嘆道：「原來他才是所有的這些人裡面，最不好對付的一個。」

楊天也同意。

上官小仙目光閃動，道：「他想必早已看穿這件事有蹊蹺，所以故意假裝中毒，讓別人不防備他，他才好全身而退。」

楊天道：「他的外號叫鐵錐子。」

上官小仙道：「一個人的外號，是絕不會錯的。」

楊天道：「所以無論你外面有多麼厚的殼，他都能錐出個洞來。」

上官小仙沉吟著，徐徐道：「對付這種人，只有兩個法子。」

楊天在聽著。

上官小仙道：「若不能把他拉過來做我們的朋友，就得趕快殺了他。」

楊天道：「可惜他現在已走了。」

上官小仙道：「世上絕沒有一個人，能突然一下子完全消失的。」

楊天道：「但是我卻找不到他。」

上官小仙笑了笑，道：「你找不到他，並不表示別人也找不到他。」

她走過去拍了拍楊天的肩，微笑著道：「莫忘記還有我哩。」

楊天道：「你要去找？」

上官小仙柔聲道：「你乖乖的陪小葉在這裡等著，我帶糖糖回來給你們吃。」

楊天坐下來，坐在葉開對面。

他規規矩矩的坐在那裡，看來真是規規矩矩的生意人。

葉開看著他，忽然嘆了口氣，道：「她說她要帶糖回來給我們吃。」

楊天道：「嗯。」

葉開苦笑道：「自從三歲以後，我就沒有吃過糖了。」

楊天道：「哦。」

葉開道：「現在我只想喝點酒。」

楊天道：「你若不喝酒，那才是怪事。」

葉開笑道：「你的確很瞭解我，我們畢竟是老朋友了。」

楊天冷冷道：「像我這樣的朋友，你幸好還沒有幾個。」

葉開道：「不管你怎麼樣對我，我們畢竟還是老朋友，朋友跟酒一樣，卻是老的好。」

楊天道：「你真的這麼想喝酒？」

葉開嘆道：「你知道，我現在的心情很不好。」

楊天承認：「無論誰遇著你這種事，心情都不會好的。」

葉開道：「心情不好的人，總是想喝點酒的。」

楊天也同意：「除了喝酒外，你的確已沒什麼事好做的了。」

葉開道：「所以你若看在我們是老朋友的份上，就該弄點酒給我。」

楊天考慮著，忽然站起來，道：「好，我去替你找酒，你最好乖乖的在這裡等著，莫要想逃走。」

葉開看著他走出去，眼睛已亮了起來。

人，總是有人性的。

他對這人性忽然又充滿了希望，又覺得楊天這個人並不能算太壞。

楊天居然很快就回來了，手裡提著個大銅壺，份量好像很重。

壺裡的酒就算並沒有裝滿，至少也有五、六斤。

葉開喝酒一向很快的，他已決定，等自己力氣恢復了之後，也絕不向楊天報復。

一個人若是還肯去替他的老朋友找酒喝，這個人總算還不是無可救藥的。

楊天道：「你沒有逃。」

葉開笑道：「因爲我知道逃不了的。」

楊天道：「很好。」

他把銅壺，擺在地上。

葉開連站都站不起來，道：「你不能送過來？」

「我跟你還是距離遠一點好。」

葉開嘆了口氣，只好掙扎著抓過來，湊過嘴去喝了一口。

只喝了一口。

他的臉色忽然變了：「這不是酒。」

楊天冷冷的看著他，臉上一點表情也沒有，冷冷道：「我們也不是朋友。」

葉開道：「你……你爲什麼騙我？」

楊天道：「因爲我想看看你在地上爬的時候，是什麼樣子。」

葉開連指尖都已冷透，簡直恨不得一下子撲過去，把這壺冷水全都灌在他脖子裡。

楊天冷笑道：「這只不過是壺水而已，我沒有灌一壺尿來給你喝，已經是你的運氣了。」

葉開又嘆了口氣，道：「我實在不懂，你爲什麼會如此恨我？」

楊天道：「我一向不喜歡泥娃娃。」

葉開忽然明白了：「你在吃醋？」他吃驚的看著楊天：「你難道真的喜歡上官小仙？你難道還不明白她是個什麼樣的女人？」

楊天眼內的肌肉在跳動，緊握著雙拳，一字字道：「我只明白一件事。」

葉開道：「你說。」

楊天的臉發青，厲聲道：「只要你再開口說一個字，我就打掉你的滿嘴牙齒。」

嘴裡若是沒有牙齒，那滋味也不好受的。

葉開只有嘆息。

他忽然發現，無論多聰明的男人若是真的喜歡上一個女人時，他在這個女人面前立刻就會變成呆子。

現在該怎麼辦呢？一點辦法也沒有，無論誰到了這種時候，都只有等著。等死？

葉開只覺得滿嘴發苦，他現在真的想喝酒了。

楊天慢慢的站起來，推開窗子。窗外的風好冷。

楊天長長的吸了口氣，突聽一個人在身後冷冷道：「你在找我？」

九　嵩陽鐵劍

韓貞！

鐵錐子竟已到了他身後。

楊天沒有回頭，身子陡然拔起，凌空翻身，貼在屋頂上。

他沒有看見韓貞。

門外卻又有一個人的聲音傳進來：

「好輕功，果然不愧是飛狐！」

這又是韓貞的聲音。

楊天一反腕，從腰畔拿下了條銀光閃閃的練子槍，在屋頂上滑出一丈，貼著牆壁滑下，滑到門後，突然揮槍衝出。

門外也沒有人。

只聽身後一個人道：「我在這裡。」

韓貞竟已從外面繞過來，向窗外一掠而入，又到了他身後。

楊天反手揮槍，一條軟兵刃竟被他抖得筆直，直刺韓貞咽喉。

無論誰都看得出，他在這條練子槍上，至少已有二十年的功夫。

誰知韓貞的武功，竟遠比他想像中可怕十倍。

突然出手，就已抄住了他的槍尖。

楊天想不到這人的出手竟如此快，猛一挫腕，全力奪槍。

韓貞的手竟又突然鬆開。

楊天重心驟失，踉蹌後退。

韓貞竟已閃電般的撲了過來，一伸手，就已點了他前胸的大穴。

葉開嘆了口氣，他也實在想不到，這個被他一拳打扁了鼻子的人，竟有這麼高的武功。

「砰」的，楊天已重重的跌在地上，韓貞連看都不再看一眼，回身拉住了葉開，沉聲道：「你還能不能站起來？」

葉開搖搖頭，苦笑道：「你真是來救我的？」

韓貞沉著臉沒開口，攔腰把他抄了起來，道：「你先跟我走。」

葉開道：「還有丁靈琳。」

韓貞皺了皺眉，道：「你還要帶她走？」

葉開嘆了口氣，道：「剛才還有人說，我這人最大的毛病，就是心太軟。」

韓貞冷冷道：「現在你的腿也很軟。」

葉開道：「幸好小丁只不過是被點了穴道，你只要拍開她的穴道就行了。」

他趕緊又笑了笑，接著道：「只不過你出手千萬不能像楊天那麼重，我並不想要個死老婆。」

地室裡陰暗潮濕，而且冷得要命。

幸好屋角還有張木板床，床上居然還有條棉被。

葉開倒在床上，才長長吐出口氣，他知道自己現在已不必做人家的泥娃娃了。

丁靈琳用力搓著手，道：「這地方好冷。」

韓貞道：「冷比不冷好。」

丁靈琳忍不住問道：「爲什麼？」

韓貞道：「因爲你總算還活著，死人就不會覺得冷了。」

丁靈琳嘆了口氣，嫣然道：「不管怎麼樣，能活著總是不壞的。」

葉開也嘆了口氣，道：「實在不壞。」

他看著韓貞，忽然問道：「你的鼻子怎麼樣了？」

韓貞道：「還在疼。」

葉開苦笑道：「我的鼻子若還在痛時，我就絕不會去救那個打扁我鼻子的人。」

韓貞道：「也許我的心比你還軟。」

葉開道：「幸好你的心並不壞。」

他忽又問道：「你知不知道一件事？」

韓貞道：「什麼事？」

葉開道：「我見過很多當地的武林高手，都可以算是一等的高手，那其中武功最高的一個你知不知道是誰？」

韓貞道：「是我？」

葉開又笑了，道：「你好像並不太謙虛。」

韓貞道：「我一向很坦白。」

葉開道：「所以我奇怪。」

韓貞道：「奇怪我太坦白？」

葉開搖搖頭，道：「奇怪的事很多。」

韓貞道：「你可以一件件的說。」

丁靈琳已走過去，依偎在葉開身旁，握著葉開的手，她也在聽著。

葉開笑了笑，道：「聽說你中了一動就死的毒，現在你動了，卻還活著。」

韓貞道：「無論什麼毒，都有解藥。」

葉開道：「連魔教的毒你也能解？」

韓貞道：「我還活著。」

葉開道：「所以我在奇怪。」

韓貞道：「奇怪我還能活著？」

葉開道：「奇怪你活得並不好。」

韓貞道：「我活得爲什麼不好？」

葉開道：「像你這樣的人，本該活得更好些的。」

韓貞沉吟著，道：「你是說，我本不該在衛天鵬門下討飯吃的？」

葉開道：「不錯。」

他微笑著，又道：「衛天鵬並不是個很好的主人，你本不該如此委屈自己，更不該站在那裡挨我一拳的。」

韓貞沉默，似在考慮有些話他是不是應該說出來。

葉開道：「你挨我那一拳，顯然是因爲你不願在別人面前顯露你的武功。」

韓貞終於嘆息了一聲，道：「我有原因。」

葉開道：「我知道其中一定有原因。」

韓貞道：「我在避仇。」

葉開道：「避仇？」

韓貞道：「我的仇家絕對想不到我會避在衛天鵬家裡做食客。」

葉開道：「你本來的名字不是韓貞？」

韓貞道：「不是。」

葉開道：「你的仇家是誰？」

韓貞道：「是個很可怕的人。」

葉開嘆道：「我想得到，連你這種人都在躲避他，他當然可怕。」

韓貞道：「那麼你也該想到，我爲什麼要救你了。」

葉開道：「你想要我助你一臂之力，對付你的仇家？」

韓貞道：「我知道你是個很有用的朋友，也是個恩怨分明的人。」

葉開笑了笑，道：「我也不想太謙虛。」

韓貞道：「一個恩怨分明的人，爲了報那救命之恩，往往什麼事都肯做的。」

葉開道：「那麼你現在至少應該告訴我，你究竟要我做什麼。」

韓貞道：「以後我當然會告訴你，現在……」

他突然改變話題，道：「你受的傷好像並不重，怎麼連站都站不起來？」

葉開道：「因爲我還沒有喝酒。」

韓貞道：「現在你想喝？」

葉開微笑道：「喝了酒之後，我的心也許會更軟，腿卻絕不會軟了。」

韓貞道：「酒能治你的傷？」

葉開笑道：「我受的傷很特別。」

丁靈琳忍不住插口笑道：「我相信有很多人，一定都願意受你這種傷的。」

韓貞道：「好，我去替你找酒。」

葉開道：「酒不能少。」

丁靈琳笑道：「下酒菜也不能少，最好再找套男人衣服來，我實在看不慣他這種不男不女的樣子。」

韓貞掃了她一眼，淡淡道：「你的樣子好像也跟他差不多。」

丁靈琳的臉紅了，她忽然想起自己身上穿的是套男人衣服。

有很多人都是這樣子的，只能看得見別人的錯，卻忘了自己的。

韓貞已走了。這地方只有一扇門，上面也是冷香園裡的一處別院，韓貞認爲上官小仙絕對想不到他們還留在冷香園，葉開也同意。

愈是明顯的地方，人們反而愈不會留意——這也正是人類的弱點之一。

丁靈琳嘆道：「除了我們兩個人外，只有上官小仙知道我們的行動，我們本該想到消息是她故意洩漏出去的，這本是件很明顯的事。」

葉開苦笑道：「也許就因爲太明顯了，所以我們才想不到。」

丁靈琳道：「我們也應該想到，上官金虹和林仙兒的女兒若是白痴，天下的人都應該是白痴了。」

葉開道：「她一定已把我們看成白痴。」

丁靈琳道：「看來她好像比她的爹娘還厲害。」

葉開嘆道：「上官金虹太專橫，林仙兒太軟弱，這兩種毛病她卻沒有。」

丁靈琳道：「但她還是有弱點的。」

葉開道：「哦？」

丁靈琳道：「她若沒有弱點，我們怎麼能到這裡來。」

葉開道：「她唯一做錯了的事，就是她低估了韓貞。」

丁靈琳道：「我不喜歡這個人。」

葉開道：「不喜歡韓貞？」

丁靈琳道：「嗯！」

葉開笑了笑，道：「他也並不要你喜歡他。」

丁靈琳眨了眨眼睛，道：「這也許只因爲他知道我快要做你老婆了。」

葉開好像吃了一驚：「你說什麼？」

丁靈琳笑道：「你說你不想要個死老婆，我現在並沒有死。」

葉開嘆了口氣，道：「你這個人的耳朵倒真長。」

丁靈琳道：「我雖然不能動，也不能說話，但你們說的話，我每句都聽得清清楚楚。」

葉開道：「哦！」

丁靈琳嘟起嘴，道：「那個人要餵你吃奶的時候，我真恨不得咬她一口。」

葉開嘆道：「老實說，我也很想咬她一口。」

丁靈琳又笑了，忽然抱住了葉開的脖子，輕輕道：「老實說，你準備在什麼時候娶我？」

葉開道：「在你不吃醋的時候。」

丁靈琳笑道：「傻瓜，女人若不吃醋，就不是女人了，這道理你都不懂。」

突聽一個人冷冷道：「他不懂，他只會殺人。」

地室的門在上面，聲音就是從上面傳下來的。

韓貞走的時候，他們並沒有將這扇門從裡面拴起，現在再想去拴，已來不及了。

這句話剛說完，已有個人走了下來。

丁靈琳先吃了一驚，又嘆了口氣，來的不是上官小仙，總算是不幸中的大幸。

來的是個男人。

是個無論誰都不願見到的那種男人——無論誰都不願遇見殭屍的。

這個人看來就像是個殭屍，臉是死灰色的，顴骨高聳，鷹鼻闊口，好像連一絲肉都沒有，眼睛裡卻閃動著一種慘碧的光。

他的身材很高，身上穿著件繡滿了黑牡丹的鮮紅長袍。

袖子也很長，蓋住了一雙手。

無論誰看見這麼樣一個人，都難免要大吃一驚的，丁靈琳卻反而鬆了口氣。

她想說這個人至少還比上官小仙好看些。

在她眼中，這世上簡直已沒有比上官小仙更可怕的人了。

葉開看著這個人走下來，心也跟著沉了下去。

他看到這個人走路的姿態，就知道丁靈琳絕不是這個人的對手。

他自己現在卻連丁靈琳都比不上，就算是個十來歲的孩子，也可以一拳把他打倒。

丁靈琳卻已跳起來，大聲道：「你憑什麼不問青紅皂白就闖進人家屋裡來，你懂不懂規矩？」

這人冷冷道：「我不懂，我也只懂殺人，但我卻比不上你。」

葉開苦笑道：「你太客氣了。」

這人道：「剛才我已數了一遍，這地方前前後後，裡裡外外，一共死了八十三個人。」

墨家的弟子，鐵姑的門下，和冷香園中的管事們，竟已沒有一個活的。

這人陰惻惻笑道：「一夜中就殺了八十三個人，好大的手筆，好大的氣魄。」

葉開道：「你以為人都是我殺的？」

這人道：「我只知道他們都死了，你卻還活著。」

葉開道：「活著的並不止我一個。」

這人道：「只有你一個。」

葉開道：「你沒有看見別的人？」

這人道：「沒有。」

丁靈琳忍不住問道：「上官小仙呢？」

這人道：「我正想問你們，她在哪裡？」

丁靈琳道：「我們怎麼會知道她在哪裡？我們也在躲著她。」

這人笑了。

丁靈琳不喜歡這種笑，沒有人喜歡這種笑。

這人陰惻惻笑道：「她本是跟著你們來的，你們卻在躲著她？」

葉開的心在往下沉，他已知道這件事的確很難解釋。

丁靈琳卻是一副理直氣壯的樣子，大聲道：「不錯，她是跟我們來的，那只不過因爲我們也上了她的當。」

這人冷笑。

丁靈琳道：「人都是她殺的。」

這人冷笑打斷她的話，道：「她爲什麼不連你們也一起殺了？」

丁靈琳道：「因爲韓貞將我們救了出來。」

這人道：「韓貞呢？」

丁靈琳道：「找酒去了。」

這人道：「這種時候，你們還想喝酒，他還肯去替你找酒？」

丁靈琳道：「你不信？」

這人道：「上官小仙殺人的時候，你們都在旁邊看著？」

丁靈琳道：「因爲我也被她點了穴道。」

這人道：「你呢？」

他問的是葉開，丁靈琳卻搖頭道：「他也中了暗算，全身已連一點力氣都沒有，怎麼能……」

說到這裡，她才發現自己說錯了話。

這人的眼睛裡已發出了光，瞪著葉開，陰森森道：「你已連一點力氣都沒有？」

葉開只有苦笑。

他忽然發現，要女人不多嘴，簡直要比駱駝穿過針眼還困難。

這人盯著他，一字字道：「你若真的已連一點力氣都沒有，我就殺了你。」

丁靈琳大喝一聲，撲了過來。

她的武功並不弱，此刻「奪命金鈴」雖不在身上，但這全力一擊，也不是別人能輕易招架的。

誰知這人長袖一揮，竟將她的人揮了出去，「砰」的，撞在牆上。

這人的手已從長袖中伸出，閃電般向葉開的咽喉抓了過去。

這隻手竟是紅的。血紅！

「紅魔手！」

無論誰只要被紅魔手一抓，都必死無疑。

葉開並不想死，也不敢招架，只有用盡全身力氣，想往後退。

忽然間，他的人已凌空飛起。

他的力氣竟又忽然來了，往後一退，人已飛起，貼著牆壁滑了上去。

紅魔手並沒有乘勢追擊，只冷冷的看著他，冷笑道：「你說你已連一點力氣都沒有，這力氣是從哪裡來的？」

葉開苦笑道：「我也不懂。」

這是實話，是句沒有人會相信的實話。

只聽門外一個人冷冷道：「你是不是只懂得殺人？」

這次來的人也不是上官小仙，是個高大魁偉的黑衣人。身後揹著柄長劍。

劍是黑的，衣服是黑的，臉也是黯黑的，一雙漆黑的眸子閃閃發光。

他本來是個很高大的人，卻並不顯得臃腫。

他整個人看來就像是一隻黑色的鷹，矯健，剽悍，殘酷，充滿了野性的動力。

紅魔手抬起頭，看見了他背後的長劍，瞳孔突然收縮。

黑衣人發亮的眼睛，也正在盯著那隻血紅的手……彷彿並不是隻有血有肉的手。你只有在噩夢中才能看見這麼樣一隻手。

黑衣人的瞳孔似乎也在收縮，一字字道：「伊夜哭？」

伊夜哭點點頭，緩緩道：「青魔日哭，赤魔夜哭，天地皆哭，日月不出！」

黑衣人淡淡道：「我知道你。」

伊夜哭道：「我也知道你。」

黑衣人道：「哦！」

伊夜哭道：「你是嵩陽郭家的人？」

黑衣人道：「郭定。」

伊夜哭冷冷道：「嵩陽鐵劍，殺人無算，只怕還比不上這個人。」

郭定道：「葉開？」

伊夜哭道：「想不到你也知道他。」

郭定冷冷道：「一夜之間，連傷八十三條人命，這並不容易。」

伊夜哭道：「但他一口否認。」

郭定冷笑。

伊夜哭道：「據他說殺人的兇手是上官小仙。」

郭定道：「上官小仙是個白痴，世上沒有殺人的白痴。」

伊夜哭道：「你不信？」

郭定道：「不信。」

伊夜哭道：「他說他自己也險些死在上官小仙手裡，只怕他已全無絲毫力氣。」

郭定道：「他看來並不像中了暗算的人。」

伊夜哭道：「你不信？」

郭定道：「不信。」

伊夜哭道：「他說他現在還活著，只不過因爲韓貞救了他。」

郭定道：「據我所知，韓貞才是中了暗算的人。」

伊夜哭道：「他說韓貞此刻不在這裡，是替他找酒去了。」

郭定道：「現在好像並不是喝酒的時候。」

伊夜哭道：「他說的話你完全不信？」

郭定道：「完全不信。」

伊夜哭道：「我也不信。」

葉開嘆了口氣，連他自己也覺得這些話實在很難令人相信。

丁靈琳忽然道：「你們知道韓貞受了暗算，知道上官小仙是跟我們來的？」

郭定凝視著她，慢慢的點了點頭。

丁靈琳道：「這些事是誰告訴你們的？」

郭定道：「一個倖僥未死的人。」

丁靈琳道：「楊天？」

郭定默認。

丁靈琳道：「你怎麼知道他說的是真話？」

郭定道：「他是我的朋友。」

丁靈琳忍不住冷笑，道：「你有這麼樣的朋友，真是走運了。」

伊夜哭道：「他雖然不是我的朋友，他的話我也相信。」

丁靈琳道：「為什麼？」

伊夜哭道：「事實俱在，我不能不信。」

丁靈琳道：「什麼事實？」

伊夜哭道：「你們殺了所有知道內情的人，藏起了上官小仙，準備以後再嫁禍給別人，金錢幫的寶藏豈非就已穩穩的落入你們手裡？」

丁靈琳臉色變了。

她忽然也發覺，這推測實在不能算不合理。

郭定還在凝視著她，深深道：「你說的話若有人證明，我也相信。」

丁靈琳的眼睛亮了，道：「我們說的話，幸好還有一個人可以證明。」

郭定道：「韓貞？」

丁靈琳道：「不錯。」

郭定道：「他去替你們找酒去了？」

丁靈琳道：「不錯。」

郭定道：「既然只不過是去找酒，當然很快就會回來。」

丁靈琳道：「你最好等他回來。」

郭定道：「好，我們等。」

伊夜哭道：「你真的要等？」

郭定道：「我已說過。」

伊夜哭道：「等他們的幫手來，將我們也一起殺了？」

郭定沉下了臉，冷冷道：「你是你，我是我，並不是我們。」

伊夜哭盯著他，目光陰森如鬼火，冷冷道：「你莫非還不願與我爲伍？」

郭定冷笑，冷笑的意思也是默認。

伊夜哭道：「昔年嵩陽鐵劍在兵器譜中排名第四，的確可以算是了不起的大英雄，只可惜……」

郭定沉著臉道：「只可惜怎麼樣？」

伊夜哭道：「只可惜你並不是郭嵩陽，郭嵩陽的屍首只怕早已化成灰了。」

郭定黑黝黝的臉，忽然變得鐵青。

伊夜哭冷冷道：「死人就是死人，所有的死人都一樣，莫忘記大劍客死了，屍身也跟別人一樣會腐爛發臭的。」

郭定緊握雙拳，一字字道：「你最好也莫要忘記一件事。」

伊夜哭道：「什麼事？」

郭定厲聲道：「郭嵩陽雖死了，嵩陽鐵劍卻沒有死。」

伊夜哭冷笑道：「嵩陽鐵劍難道還想帶著這殺人的兇手來對付我？」

郭定不說話了。

伊夜哭道：「郭嵩陽是死在荆無命劍下的，荆無命的劍法，傳自上官金虹。」

郭定的拳又握緊。

伊夜哭道：「你若是郭家的好子孫，就該與我聯手，除了葉開，找出上官小仙，再從上官金虹手上的武功秘笈中，找出他們劍法中的瑕疵，與荆無命決一勝負，爲郭嵩陽死後的英靈出一口氣。」

他看來雖然孤僻古怪，但說出來的話卻極有煽動力。

郭定已不禁聳然動容。

伊夜哭看著他臉上的表情，悠然道：「你的意思如何？」

郭定道：「很好。」

伊夜哭道：「你已答應？」

郭定道：「嗯。」

伊夜哭大笑道：「只要你我聯手，別說區區一個葉開，放眼天下，又有誰能與我們較一日之短長？」

郭定一反手腕，已握住了劍柄。

伊夜哭的笑聲驟然停頓，盯著葉開陰惻惻道：「這地方別無退路，看來今日你已死定了。」

十 群鷹飛起

清晨，晴。

風卻比昨夜更冷，雪溶的時候，總是比下雪時還冷的。

現在雪已將溶，東方已有陽光照射，照著燦爛的梅林。

地室中卻仍是陰沉的。

丁靈琳已走過來，依在葉開身旁。

葉開靜靜的站著，既沒有開口，也沒有動，眼睛裡竟似還帶著種奇怪的笑意。

伊夜哭盯著他的手，沉聲道：「你對付他，我殺了這女人再來助你。」

郭定道：「嗯。」

伊夜哭道：「小心他的飛刀。」

郭定道：「你也得小心，小心我的劍。」

伊夜哭愕然道：「小心你的劍？」

郭定道：「嗯！」

突然間，劍光一閃，他的劍已出手，閃電般向伊夜哭刺了過去。

劍光並不像閃電。劍是烏黑的，並沒有什麼光華，但森寒的劍氣卻比閃電更懾人。

這就是嵩陽鐵劍。

普天之下，獨一無二的嵩陽鐵劍。

劍一出鞘，伊夜哭就覺得有股懾人的劍氣，逼到了他的眉睫。

他大驚，暴怒，狂吼一聲，紅魔手已血箭般飛了出去。

昔年青魔手在兵器譜中排名第九，其實他的威力並不在排名第六的鞭神蛇鞭，排名第七的金剛鐵拐之下，只不過因爲這件兵器太邪，所以百曉生故意抑低了它。

紅魔手製作得比青魔手更精巧，招式也更怪異毒辣。

兵器也正如世上很多別的事一樣，總是在不停的進化著的。

只見一道鮮紅色的光芒閃動，夾帶著種令人作嘔的血腥氣。

郭定冷笑，後退兩步，突然長嘯一聲，沖天飛起，鐵劍竟已化做了一道烏黑的長虹。

他的人帶劍竟似已合而爲一。

這正是嵩陽鐵劍的殺手鐧，幾乎已接近無堅不摧。

只聽「叮」的一響，紅魔手已被這一劍擊碎，碎成了無數片，看來就如滿天血雨。

郭定長嘯不絕，凌空倒翻，長虹一劍又化做無數點光影。

滿天血雨立刻被壓了下去，伊夜哭的人也已在劍氣籠罩下。

他無論向任何方向閃避，都已避不開了，就在這時，嘯聲突絕，劍氣頓收，郭定身形落下時，鐵劍已入鞘。

伊夜哭的手垂落，整個人都似已呆住了，陰森怪異的臉上，汗落如雨。

郭定冷冷的看著他，一字字道：「你要和我聯手，你還不配。」

伊夜哭咬了咬牙，道：「你爲何不索性一劍殺了我？」

郭定道：「你也不配。」

伊夜哭道：「你要怎麼樣？」

郭定道：「要你滾。」

伊夜哭突又陰惻惻的笑了，道：「我若走了，總有一天你要後悔的。」

他並沒有逃。

他慢慢的走過郭定面前，慢慢的走了出去。

碎裂了的紅魔手落在地上，也像是一滴滴鮮血。

郭定，轉過身面對葉開。

葉開在微笑。

郭定沉著臉，道：「你很沉得住氣。」

葉開點點頭。

郭定道：「你不怕我跟他聯手對付你？」

葉開道：「我知道。」

郭定道：「知道什麼？」

葉開笑了笑，道：「我知道嵩陽鐵劍是好人，絕不會跟那種人聯手做任何事的。」

郭定凝視著他，但眼睛裡帶著種很奇怪的表情，過了很久，才徐徐道：「郭嵩陽是我的長兄。」

葉開微笑道：「果然是有其兄，必有其弟。」

郭定道：「他英雄一世，竟不幸死在荆無命手裡。」

葉開嘆了口氣道：「那也正是小李探花生平最大的憾事。」

嵩陽鐵劍與小李飛刀惺惺相惜，由互相尊重的敵人，變成了互相尊重的朋友，他們一生互相尊重，郭嵩陽爲了替李尋歡赴約，才死在荆無命的劍下。那雖然是一段恨事，卻也是一段佳話。

郭定道：「伊夜哭並沒有說錯，我此來的確是爲了上官金虹的秘笈。」

葉開道：「我知道。」

郭定道：「所以我還是要等韓貞。」

葉開道：「我知道。」

郭定道：「你的話，我本不該相信，我姑且相信你，只因爲你是李尋歡唯一的傳人。」

葉開嘆道：「他老人家並沒有真的將我收爲弟子，他的武功，我十成中連一成都跟不上。」

郭定道：「但他卻將他的飛刀絕技傳給了你。」

葉開沒有否認。

郭定道：「家兄在世時，最大的願望，就是找小李飛刀一較高下。」

葉開道：「我知道。」

郭定黯然道：「興雲莊外，楓林一戰，他終於敗在小李飛刀之下。」

葉開道：「他並沒有敗。」

郭定又長嘆道：「他敗了，敗就是敗。」

葉開道：「但那一戰卻被天下武林中人，認爲是前無古人，後無來者的一戰。」

那一戰李尋歡本有三次機會可置郭嵩陽的死命，卻都未出手。到後來李尋歡刀鈍刃折，郭嵩陽說不定已可置他於死地，但郭嵩陽非但也未出手，反而心甘情願的認敗服輸了。

葉開道：「像他們那樣，才真正是男子漢大丈夫，才真正無愧於英雄本色。」

郭定道：「只不過無論如何，嵩陽鐵劍總算是已敗在小李飛刀下。」

葉開只有沉默，他已不能再說什麼。

郭定看著他，目中突然又有精光暴射，冷笑道：「據說近日來又有人重作兵器譜，已將你的飛刀，評爲天下第一。」

葉開苦笑。他也聽過這句話。

自從他聽到這句話的那一天，他就已知道他有麻煩要來了，武林好漢們，絕沒有任何人會心甘情願被列爲在別人之下的。

就憑這一句話，已足夠引起無數兇殺，無數血戰。

郭定道：「所以無論你說的話是真是假，此事過後我還是要與你一較勝負，看一看今日的嵩陽鐵劍，是不是還在飛刀之下。」

葉開還是只有苦笑。

丁靈琳卻忍不住道：「你最好明白一件事。」

郭定在聽著。

丁靈琳道：「他的刀被評爲天下第一，是因爲他的刀救過很多人，並不是因爲殺人。」

郭定道：「我也聽說過。」

丁靈琳道：「所以你若要勝過他，就該去救人，不該去殺人。」

郭定沉著臉，冷冷道：「我若殺了他，就已勝過他。」

丁靈琳嘆道：「你錯了，你就算真的能殺了他，也永遠不能勝過他的。」

郭定冷笑。

冷笑的意思，有時也是否認。

丁靈琳也忍不住冷笑道：「你莫以爲你勝了紅魔手，就已很了不起，紅魔手雖然比青魔手更要惡毒靈巧，卻還是比不上青魔手的。」

郭定道：「哦？」
丁靈琳道：「因爲伊夜哭這個人既沒有氣魄，也沒有個性。」
郭定道：「哦？」
丁靈琳道：「他看來雖然孤高驕傲，其實卻是個花言巧語，偷機取巧的人，就憑這一點，他已比不上青魔手了。」
郭定看著她，眼睛裡也露出種很奇怪的表情。
丁靈琳道：「古往今來，真正的武林高手，都是特立獨行，不受影響的人，一個人若連自己獨特的個性都沒有，又怎麼能練得出獨特的武功來？」
郭定忽然冷冷道：「你說的話並不是沒有道理，只可惜你的話太多了。」
他背轉身，面對著牆，竟連看都不再看丁靈琳一眼。
丁靈琳卻笑了，道：「看來這個人倒真是有個性的人。」
葉開微笑道：「他的確是的。」
丁靈琳眨著眼，道：「只可惜他卻有點不明是非，不知好歹，居然將楊天那種人當做了朋友。」
葉開嘆了口氣，道：「我以前豈非也曾將楊天當做朋友？」
丁靈琳道：「所以你現在才會這麼倒楣。」
郭定本來似已決心不聽他們說的話，此刻忽又回過頭，道：「楊天不是個好朋友？」

葉開不能不承認：「他不是。」

郭定道：「他出賣了你們？」

葉開也不能否認。

郭定道：「他和上官小仙串通，出賣了你們？」

丁靈琳道：「他好像已被上官小仙迷住了。」

郭定道：「但你們本來也是要保護上官小仙的，除去你們，對上官小仙並沒有好處。」

丁靈琳道：「她要重振金錢幫，楊天已做了金錢幫的堂主。」

郭定道：「所以她要除去所有可能跟金錢幫作對的人。」

丁靈琳嘆道：「你總算明白了。」

郭定道：「金錢幫要是再度興起，我也一定會跟他們作對的。」

丁靈琳道：「所以他約你來，恐怕也不會有什麼好意。」

郭定道：「現在我已來了，她們爲什麼不對我下手？難道她早已知道你們會被韓貞救走？故意要我來對付你們？難道韓貞也是金錢幫的人，故意將你們救出來對付我？」

丁靈琳說不出話來了。

她想的並沒有這麼多，現在才想到，這並非沒有可能。

葉開忽然嘆了口氣，道：「無論如何，韓貞總是我們的救命恩人。」

郭定道：「他有理由救你們？」

葉開道：「有。」

郭定道：「他是不是也有理由出賣你們？」

葉開道：「我不願這麼樣想。」

郭定道：「你是個恩怨分明的人。」

葉開苦笑道：「有人這麼說過。」

郭定道：「韓貞若真是你們的朋友，現在就早已該回來了。」

葉開道：「並不是每個地方都能找到酒的。」

郭定道：「據我所說，這地方應該有個酒窖。」

葉開道：「也許上官小仙已將那酒窖毀了。」

郭定道：「爲什麼？」

葉開道：「因爲只有酒才可以解我的毒。」

郭定道：「你現在並沒有喝酒，但你中的毒也已解了。」

葉開也說不出話來了。

郭定冷冷的說道：「用酒來解毒，不但荒謬透頂，而且處處矛盾，就連三歲的孩子，只怕都不會相信的。」

葉開不想辯白，也不能辯白。

郭定看著他，忽然長長嘆了口氣，道：「但也不知爲了什麼，我居然相信了。」

丁靈琳的眼睛亮了起來，笑道：「我就知道你是個明白人。」

郭定又沉下了臉，道：「也許就因爲我不是個明白人，所以我才會相信。」

丁靈琳道：「你放心，我們絕不會讓你後悔的。」

郭定冷冷道：「但你們若找不到上官小仙、楊天和韓貞，我卻一定會要你們後悔的。」

丁靈琳道：「用不著你說，我們也一定要找到他們。」

郭定道：「我給你們三十六個時辰去找。」

他不讓丁靈琳開口，接著又道：「三天之後，我還會回到這裡來找你們，爲了你們自己好，我希望你們能找到那些人。」

丁靈琳道：「有三天工夫，想必已足夠了。」

郭定已走了出去，忽又回頭，道：「還有一件事，我要告訴你們。」

丁靈琳道：「我們在聽。」

郭定道：「要找你們算帳的人，並不只我一個，就算我相信了你們的話，別人也絕不會相信的，所以這兩天你們最好小心。」

葉開忍不住問道：「除了你和伊夜哭外，還有些什麼人？」

郭定沉吟著，忽然問道：「你有沒有去獵過狐？」

葉開點點頭。

郭定目光似已到了遙遠處，徐徐道：「獵狐最好的時候，通常是在九月。」

丁靈琳道：「九月？」

郭定道：「那時秋高氣爽，遼闊的原野上，只要有一隻狐狸出現，就會有無數隻蒼鷹飛起，只要有鷹飛起，那隻狐狸就死定了。」

丁靈琳道：「你現在爲什麼要說這些話?現在並不是九月。」

郭定徐徐道：「但現在卻是獵狐的時候，已有群鷹飛起……」

他眼睛裡閃著光，彷彿已看到無數隻矯健的蒼鷹，在長安城上的天空中飛翔。

丁靈琳終於明白：「難道我們就是那隻狐狸？」

郭定沒有再說話。

他頭也不回的走上石階，走了出去。

丁靈琳目送著他走出去，痴痴的怔了半晌，喃喃道：「這人究竟是我們的朋友，還是我們的仇敵？」

葉開沒有回答，他彷彿也不知道該怎麼樣回答。

丁靈琳嘆了口氣，道：「不管怎麼樣，這個人卻不能算是個壞人。」

葉開道：「的確不能。」

丁靈琳道：「他不但很正直，而且還很有趣。」

葉開笑了笑，道：「他看來也很喜歡你。」

丁靈琳道：「他喜歡我？」

葉開道：「我看得出。」

丁靈琳道：「哦？」

葉開道：「男人若是喜歡上一個女人，他看到這個女人時，眼睛裡的表情都會不一樣的。」

丁靈琳忽然笑了：「你在吃醋了。」

她笑得就像是第一朵在春風中開放的百合：「我喜歡吃醋的男人，想不到你居然也會吃醋了。」

葉開嘆了口氣，道：「我現在並不想吃醋，只想吃一隻燉得很爛的大蹄膀。」

丁靈琳看著他，眼睛裡露出種很奇怪的表情，咬著嘴唇道：「還有呢？」

葉開道：「還有一大盆水，一張又軟又乾淨的床……」

他看著她，眼睛裡也帶著種很奇怪的表情。

丁靈琳呻吟般嘆了口氣，輕輕道：「你想的事爲什麼跟我一樣？」

葉開微笑道：「因爲我們已很久沒有見面了，是不是？」

丁靈琳的臉突然紅了，忽然跳起來咬了他一口：「你實在不是好東西，我咬死你……」

床很軟，也很乾淨。

葉開躺在床上，他還沒有被咬死，可是看起來也並不像很快活的樣子。

丁靈琳伏在他胸膛上。

他的胸膛寬闊而堅實。

屋子裡很溫暖，就像是春天一樣，盆裡的火還很旺。

在這麼溫暖的屋子裡，一個人是不必穿太多衣服的。

兩個人更不必。

丁靈琳忽然輕輕嘆了口氣，輕輕道：「我們還沒有成親，本不該這樣子的。」

葉開道：「嗯。」

丁靈琳夢囈般低語著：「我總覺得這樣子是不道德的，我總覺得我們好像犯了罪一樣，但也不知道爲了什麼，我每次都沒法子拒絕你。」

葉開道：「我知道。」

丁靈琳道：「你知道？」

葉開看著她，眼睛更充滿了愛憐笑意，深深道：「你沒有拒絕我，只因爲你比我更喜歡做這種犯罪的事。」

丁靈琳的臉又紅了，用力咬著他的耳朵，恨恨道：「你這個壞人，你還知道什麼？」

突聽一人道：「他還知道殺人。」

這聲音清脆嬌美，而且還彷彿帶著種孩子般的天真。

上官小仙。

「我們沒有去找她，她反而找上門來了。」

丁靈琳爬了起來。

她當然沒有真的爬起來，她想爬起來的時候，才發現自己身上少了點東西。

就在這時，從裡面拴著的門，忽然開了，上官小仙甜甜的微笑著，姍姍地走了進來，手裡居然又抱著個泥娃娃，一雙眼睛不停的在兩個人臉上打轉。

這次丁靈琳實在是真的想將她這雙眼珠子挖出來了。

上官小仙搖著頭，吃吃的笑道：「你們做這種事的時候，本該用張桌子把門頂上的，你們總該知道，要從外面挑開裡面的門閂，並不困難。」

丁靈琳恨聲道：「誰想到會有這麼不要臉的人闖進來。」

上官小仙笑道：「我不要臉，你們呢？天還沒黑就這樣子了，你們羞不羞。」

丁靈琳的臉紅了，趕緊改變話題，大聲道：「你來得正好，我們正要去找你。」

上官小仙道：「是你們偷偷溜了，爲什麼又要找我？」

丁靈琳道：「你自己做的事，爲什麼要賴在我們頭上？」

上官小仙悠然道：「又不是我賴你們的，人家要認爲是你們，我又有什麼法子。」

丁靈琳道：「你承認人是你殺的？」

上官小仙道：「我承認。」她笑了笑，又道：「不過我只在你們面前承認，若有別人在，我就不承認了。」

丁靈琳怒道：「不承認就殺了你。」

上官小仙笑道：「你若真的殺了我，就更糟了，這件事就更變得死無對證，你們就算跳到黃河裡去也洗不清了。」

丁靈琳咬了咬牙，冷笑道：「我們總有法子叫你承認的。」

上官小仙道：「哦？我想聽聽你們有什麼法子？」

丁靈琳道：「你若不承認，我就挖出你這雙眼珠子來，看你還敢不敢賴。」

上官小仙道：「你是準備現在挖？還是在別人面前挖？」

她微笑著，悠然道：「現在我根本就承認了，你們根本不必逼我，若是等到有別人在旁邊時，每個人都知道我只不過是個可憐的白痴，只會抱著泥娃娃餵奶，你們就算真的忍心對我下這種毒手，別人也不會答應的。」

丁靈琳氣得臉都青了，卻偏偏想不出法子來對付她。

上官小仙柔聲道：「所以你們既不能殺我，也不能逼我，就算把我抓住，也一樣連半點用都沒有。」

丁靈琳恨恨道：「你考慮得倒很周到。」

上官小仙道：「若是沒有考慮周到，又怎麼會趕來。」

丁靈琳已氣得快瘋了，忍不住打了葉開一拳，道：「你怎麼不說話？」

葉開嘆了口氣，道：「我沒有話說。」

上官小仙嫣然道：「畢竟還是你聰明，還是你想得開。」

葉開道：「而且我也很放心。」

上官小仙道：「放心？」

葉開道：「現在我們雖然沒法子對付你，你也不會對付我們的。」

上官小仙道：「哦？」

葉開道：「因爲你還要逼著我們跟別人拚命。」

上官小仙笑道：「一點也不錯，郭定、伊夜哭他們，都是很難對付的人，我不費吹灰之力，就找到了你這麼樣個好幫手，幫著我去對付他們，我又怎麼捨得讓你死。」

丁靈琳又忍不住道：「所以你才故意讓韓貞救我們走？」

上官小仙眨了眨眼道：「你猜呢？」

丁靈琳道：「難道韓貞也是你手下的人？」

上官小仙道：「很可能。」

丁靈琳冷笑道：「你這麼樣說，我反而知道他不是了。」

上官小仙道：「隨便你怎樣想都行。」

丁靈琳道：「所以只要我們找到他，就可以證明你是個怎麼樣的人了。」

上官小仙道：「別人會相信那樣的話？」

她嘆了口氣，搖著頭道：「我看你才真的只不過是個七歲大的孩子，韓貞若是真能揭穿我的秘密，我又怎麼會讓你們找到他？」

丁靈琳變色道：「莫非你也把他殺了？」

上官小仙並沒有否認，悠然道：「不管怎麼樣，這件事除非我自己肯在別人面前承認，否則你們就只有永遠揹著這冤名了。」

丁靈琳咬著牙，恨恨道：「好狠毒的女人。」

上官小仙淡淡道：「揹著這樣的冤名，實在不是件值得高興的事，現在長安城裡，至少有十七、八個人想要你們的腦袋，所以……」

葉開終於開口，道：「所以怎麼樣？」

上官小仙道：「所以你就該趕快想個法子，讓我承認的。」

葉開道：「你肯？」

上官小仙道：「別人反正遲早總要知道，金錢幫的幫主是誰的。」

葉開嘆道：「只可惜他們大概要等我死了之後才會知道。」

上官小仙道：「很可能。」

葉開道：「難道你肯先告訴他們？」

上官小仙道：「只要你肯答應我一件事，我先死也無妨。」

葉開道：「你要我答應什麼？」

上官小仙道：「答應嫁給我。」

葉開怔了怔，道：「你要誰嫁給你？」

上官小仙道：「要你。」

葉開笑了。

上官小仙道：「你笑什麼？男人可以娶老婆，女人難道就不能娶個老公？」她居然沒有笑，板著臉又說道：「何況，我是天下第一大幫的幫主，以我的身分，就算娶十個八個老公，也是天經地義的事。」

葉開好像已有點笑不出了。

上官小仙又道：「我本來是想要你做第一護法的，卻又不能信任你，所以只好勉強要你做老公了，老公我總可以管得了你的。」

丁靈琳臉已氣得通紅，冷笑道：「你不必勉強，他已經嫁給了我，根本就輪不到你。」

上官小仙笑了笑，悠然道：「莫忘記男人也一樣可以改嫁的。」

丁靈琳終於忍不住叫了起來：「我死也不會讓他嫁給你。」

上官小仙嘆了口氣，冷冷道：「那麼你們就只好去死了。」

丁靈琳又用力打了葉開一拳，恨恨道：「你怎麼又不說話了，難道忽然變成了啞巴？」

葉開道：「我正在考慮。」

丁靈琳又叫了起來：「你在考慮，考慮什麼？」

葉開道：「我在考慮應該怎樣把她扔出去。」

丁靈琳的悶氣立刻平了，展顏笑道：「你的確應該再考慮考慮。」

上官小仙嘆道：「生意不成仁義在，你就是不答應，也不該這樣對我的，我至少總是你的客人。」

丁靈琳道：「我們並沒有請你來。」

上官小仙道：「但我卻已經來了。」

丁靈琳道：「你怎麼會找到這裡來的？」

上官小仙笑了笑，道：「這裡不但有最好的廚子，還有最舒服的床，我恰巧又知道你們都是喜歡享樂的人。」

丁靈琳眼珠子轉了轉，道：「你既然是客人，就該做些客人的樣子出來。」

上官小仙道：「客人應該是什麼樣子的？」

丁靈琳道：「你至少應該先出去，讓我們好好來迎接你。」

她現在火氣已消了，忽然又變得機伶了起來。

上官小仙笑道：「我明白你的意思了。」

丁靈琳道：「你應該明白的。」

上官小仙道：「我轉過身去，不看你們行不行？」

丁靈琳恨得牙癢癢的，但人家硬是不肯出去，她也沒法子。

幸好上官小仙已真的轉過了身，面對著牆，悠然道：「我真奇怪，在這種天氣裡，你們居然好像一點也不怕冷。」

丁靈琳沒有開口，也沒空開口。

上官小仙道：「聽說你以前身上總是掛著很多的鈴鐺的，若是不摘下來，豈非更好玩。」

丁靈琳本就在後悔。她身上若戴著那些要命的金鈴，早已將上官小仙頭上打出好幾個洞來了。

就在這時，上官小仙突然大叫了一聲，就好像忽然見到了鬼一樣，撞破窗戶，竄了出去，手裡的泥娃娃也掉在地上，摔得粉碎。

丁靈琳也叫了起來，道：「不管怎麼樣，也不能讓她走。」

這句話還沒有說完，葉開也已竄出窗子。

女人穿衣服總是慢些的，等她穿好衣服時，上官小仙早已連影子都看不見了。

葉開是個很奇怪的人，他本來並不想太出名，所以他初入江湖時，用過好幾個名字。

但世界上的事往往也很奇怪，不想出名的人，反而偏偏會出名。

他用過的名字幾乎都已很有名了，其中最有名的一個，當然還是風郎君。

因爲他的輕功實在很高，有人甚至認爲他的飛刀還比不上李探花，但輕功卻已不在任何人之下。

還有的人甚至認爲，近八十年，武林輕功最高的一個人就是他。

可是他居然沒有追到上官小仙。

上官小仙一出了那間屋子，就好像忽然奇蹟般消失了。

葉開追出了很遠，卻連她的影子都沒有看見。

現在已是黃昏。

黃昏的風更冷，葉開並不想像傻子一樣站在露天裡喝西北風。

既然追不到，就只有先回去再說。

也不知爲了什麼，他近來對丁靈琳已愈來愈熱心。

他從原來的路退回去，剛才被撞破的窗戶，被冷風吹得「噗嚕噗嚕」的直響。

他正想接近窗戶，忽然怔住，這屋子裡竟然變得熱鬧起來了。

十一 東海玉簫

小小的一間屋子，廳中竟有了八、九個人，幾乎全都是女人，而且全都很年輕，很美艷的少女，卻又偏偏全部穿著道裝。

哪裡來的這麼多女道士？

葉開幾乎已認為自己走錯了地方，但丁靈琳卻還在屋子裡。

她動也不動的坐在那裡，眼睛裡充滿了驚訝之色，不但驚訝，竟然還有些恐懼。

她身後站著兩個女道人，前面還有五個，但她的眼睛，卻盯在一個男人身上。

一個老人，一個老道人。

他就坐在靠窗的一張椅子上，身上穿著件錦綢道袍，銀絲般的頭髮，挽成了個道士髻，斜插著根碧玉簪，杏黃色的腰帶上，也斜插著根晶瑩圓潤的玉簫。

他的年紀至少也應該在六十以上，但臉色卻仍是紅潤的，竟連一絲皺紋都找不到，一雙眼睛也仍然是黑白分明，炯炯有光。

縱然是坐在那裡，她也看得出他身材仍然是筆挺的，絕沒有絲毫龍鍾老態，額下銀絲般的長髯飄拂，修飾得乾淨而整齊。

葉開從來也沒有看過裝飾如此艷麗，如此注意儀表的道人。

丁靈琳已看見他，她彷彿想叫，卻沒有叫出來。

她竟然已被人點住了穴道。

葉開嘆了口氣：「看來這個屋子的風水真不錯，客人剛走了一個，又來了八個。」

這錦袍銀髮的老道人也正在盯著他，沉聲道：「你就是葉開？」

葉開點點頭，道：「木葉的葉，開心的開。」

道人道：「風郎君也是你？」

葉開道：「有時候是的。」

道人沉著臉，冷冷道：「近年來江湖中果然是人材輩出，一夜間連傷八十三條人命的好漢，昔日貧道連一個都未曾遇見過。」

葉開道：「我也沒有見到過。」

道人厲聲道：「你在貧道面前，說話也敢如此輕薄。」

葉開笑了笑道：「道長若是看不慣輕薄的人，爲何要到輕薄人的屋裡來？」

道人道：「你不知道我是誰？」

葉開道：「不知道。」

道人道：「貧道玉簫。」

葉開道：「東海玉簫？」

道人道：「正是。」

葉開又嘆了口氣，苦笑道：「我本來實在應該大吃一驚的，只可惜我今天吃驚的次數已太多了。」

東海玉簫！

無論誰聽見這名字，本都該大吃一驚。

昔日百曉生作兵器譜，東海玉簫名列第十，這玉簫道人，也正是當年武林十大高手中，除了小李探花碩果僅存的一個人。

據說他遊蹤常在海外，葉開實在想不到他居然也到了這裡。

玉簫道人沉聲道：「貧道是爲了什麼而來的，你想必也該知道。」

葉開道：「我不知道。」

玉簫道人道：「看來你並不像如此愚蠢的人。」

葉開道：「可是我會裝傻。」

那些年輕的女道人們，本已在偷偷的看著他，現在又都忍不住偷偷的笑了。

玉簫道人臉色又變了，冷冷道：「你本該裝死的。」

葉開道：「爲什麼？」

玉簫道人道：「貧道不殺死人。」

葉開道：「活的你都殺了？」

玉簫道人道：「只殺想死的人。」

葉開笑了：「幸好我並不想死。」

玉簫道人道：「一個人若想好好的活著，在貧道面前就該說實話。」

葉開道：「我說的本就是實話。」

玉簫道人道：「這泥娃娃是誰的？」

葉開道：「是上官小仙的。」

玉簫道人道：「她本在這屋子裡？」

葉開道：「她是我第一個客人。」

玉簫道人道：「現在她的人呢？」

葉開道：「不知道。」

玉簫道人冷冷道：「她剛才還在這裡，現在你就不知道她到哪裡去了？」

葉開道：「現在你還在這裡，等一等你要到哪裡去，我也不會知道。」

玉簫道人忽然嘆息了一聲，道：「生命如此可貴，爲什麼偏偏有人一定想死？」

他忽然抽出了腰帶上那根晶瑩圓潤的白玉簫。

昔年的兵器譜上「東海玉簫」名列第十，玉簫道人武功淵博，據說身兼十三家之長，掌中這根玉簫，既可打穴，也可作劍用，簫管中還藏著極厲害的暗器。

葉開本以爲他已準備出手了。

誰知玉簫道人還是坐著沒有動，反而輕撫簫管，吹奏了起來。

他的簫聲開始時很輕柔，就彷彿白雲下，青山上，一縷清泉緩緩流過，令人心裡充滿了寧靜和歡樂。

然後他的簫聲漸漸低迷，又將人引入了另一個更美麗的夢境中。

在這個夢境裡，既沒有憂慮和痛苦，更沒有憤怒和爭殺。

無論誰聽到這種簫聲，都絕不會再想到那種卑鄙險惡的事。

但就在這時，玉簫道人自己卻做了件很卑鄙險惡的事。

他的簫管中竟然飛出了三點寒星，急打葉開的前胸。

是喪門釘一類的暗器，來勢急如閃電。

在這種優美和平的樂聲中，又有誰會提防別人如此惡毒的暗算？

可是葉開卻好像早就在防備著。

無論多惡毒的暗器，到了他面前，就好像已變成連一點用都沒有。

因爲他有一種奇特的方法來接暗器，他手上竟似有種奇異的吸引之力。他的手一招，三點寒星就無影無蹤。

難道這就是武林中早已絕傳的內功「萬流歸宗」？

玉簫道人臉色已有些變了。

葉開卻微笑著道：「再吹下去，莫要停，我喜歡聽人吹簫。」

玉簫道人果然沒有停，可是他的簫聲卻變了，變得充滿了一種原始的挑逗力，就像是有個思春的少女在春閨裡輾轉反側，不斷呻吟。

男人心裡最原始的一種慾望是什麼？

兩個距離葉開最近的女道人，正在看著他媚笑，笑容中也充滿了挑逗力。

葉開不能不去看她們，他發現自己竟好像忽然變成了個第一次看見赤裸女人的少年。

在他想像中，她們竟似已變成了完全赤裸的——雪白的胸膛，纖細的腰，修長的腿。

他忽然發現自己的身體竟已不由自主在開始變化，這種慾望本就是任何男人都無法控制的。

她們笑得更媚，媚眼如絲。

她們的腰肢扭動，彷彿正在邀請。

又有誰的目光還能離開她們正在扭曲炫耀著的地方？

又有誰還能注意到別的事？

另兩個女道人，竟已架起了丁靈琳，在向外退。

此時此刻，若是別的男人，一定不會注意到她們的。

但葉開不是別的男人。

葉開就是葉開！

他的眼睛彷彿還在盯著那扭動的腰肢，他的人卻已掠起。

忽然間，簫聲停頓。

一根晶瑩圓潤的玉簫，已斜斜點了過來，急打他腰上的麻腰穴。

這是判官筆的招式，認穴準，打穴快。

葉開淩空翻身，方向不變，還是向丁靈琳那邊撲了過去。

但這時判官筆已變成了劍，劍走輕靈，已將葉開的身形圍住。

葉開眼看著丁靈琳被人帶走，竟偏偏無法脫身。

他忽然發現自己遇著的這對手，竟是他平生未遇的高手。

他若是再去爲丁靈琳憂慮擔心，他自己就隨時都可能被擊倒。

他的身形突然停頓，完全停頓，竟像是一隻旋轉不息的陀螺，突然被釘死在地上。

高手決戰中，絕沒有任何人會做這種事的。

玉簫道人身經百戰，各式各樣的對手都遇見過，卻也從未見過這種事。

他的玉簫一著擊出，也突然停頓。

他猜不透葉開的用意。

但他卻已看出葉開是個絕頂聰明的人，聰明的人絕不會突然做出太愚蠢的事，這其中難道又有陰謀？

玉簫道人冷笑道：「你這是什麼意思？」

葉開道：「沒有意思。」

玉簫道人道：「沒有意思是什麼意思？」

葉開道：「沒有意思就是沒有意思。」

玉簫道人道：「你想死？」

葉開道：「不想。」

玉簫道人道：「你莫非不知剛才那一瞬間，我已可讓你死十次。」

葉開道：「我知道。」

他笑了笑，淡淡道：「可是我也知道，我一停下，你也會停下來的。」

玉簫道人道：「我若不停呢？」

葉開道：「那麼我現在就已死了十次。」

玉簫道人的臉色突然蒼白，他顯然已在後悔，只可惜現在後悔已遲。這種機會一錯過，是永遠不會再來的了。

葉開道：「我停下來，也因爲我現在沒有把握能勝你。」

玉簫道人冷笑。

葉開道：「因爲現在我的心已亂，你身旁又有這麼多漂亮的幫手。無論誰看見自己心愛的女人被人架走，心都會亂的。」

玉簫道人冷笑道：「你倒很坦白。」

葉開道：「我不想騙你，也騙不過你，你當然也知道我的心已亂了。」

玉簫道人道：「心亂了就得死。」

葉開道：「你真的有把握殺我？」

玉簫道人沒有開口，他沒有把握。因爲這少年武功之精奇跳脫，應變之機警奇詭，竟是他生平所遇的對手中，最令人難測的一個。

何況他還有刀，飛刀！

葉開的飛刀還沒有出手，玉簫當然並不想逼著他出手。

葉開淡淡道：「你我遲早總難免要一戰的，但卻不在今夜。」

玉簫道人道：「在什麼時候？」

葉開道：「在我心不亂的時候，在我有把握勝你的時候。」

玉簫道人冷笑道：「就算真有那麼一天，我爲什麼要等到那天？」

葉開道：「因爲你非等不可。」

玉簫道人道：「哦？」

葉開道：「現在你就算能殺我，也不會出手的，因爲你真正想要的是上官小仙。」

玉簫道人不能否認。

葉開道：「現在你就算殺了我，也得不到上官小仙。所以你綁走了丁靈琳，想要我用上官小仙來換她的生命。」

玉簫道人突然長長嘆息，道：「你果然不笨。」

葉開道：「我也不說謊。」

玉簫道人道：「哦？」

葉開道：「現在我真的不知道上官小仙在哪裡。」

玉簫道人冷冷道：「那麼我也不知道丁靈琳在哪裡。」

葉開嘆了口氣，道：「我可以想法子去找。」

玉簫道人道：「我給你十二個時辰去找。」

葉開道：「十二個時辰？」

玉簫道人點點頭，道：「明天此刻，你若還不把上官小仙交給我，你今生就再也休想見到丁靈琳。」

他慢慢的接著道：「金環無情，飛刀有情，鐵劍好名，玉簫好色，這句話你總該聽說過。」

葉開當然聽說過。

玉簫道人道：「丁靈琳是個好看的女人，我是個好色的男人，所以你最好趕快找到上官小仙，否則……」

他沒有再說下去。

他的意思無論誰都可以聽得出來。玉簫道人已走了，帶著他年輕而美麗的女弟子們一起走了。

「明日此刻我再來。」

十二個時辰。

誰能有把握在十二個時辰中找到上官小仙？誰能有把握在短短一天中找到狐狸般狡猾、蝮蛇般陰毒的女人？

葉開也沒有把握。

可是，鐵劍好名，玉簫好色。又有誰能放心讓自己心愛的女人，躺在一個好色的男人身旁。

夜色已臨，葉開靜靜的坐在黑暗裡，他沒有燃燈，他連動都懶得動。

屋子裡彷彿還留著丁靈琳身上的香氣，黑暗中彷彿又出現了她那雙充滿了恐懼的眼睛。

要怎麼樣才能救出她？要怎麼樣才能找到上官小仙？

葉開竟連一點頭緒都沒有。

這裡很靜，是很適於思索的地方，他的反應本極快，思想本極靈活。

但現在他的頭腦卻似乎變成了塊木頭。

這時外面靜悄悄的院子裡，忽然傳來了一陣囂鬧的人聲。好像一下子有很多人湧了進來。

大家議論紛紛，談論的竟是郭定。

「嵩陽鐵劍的兄弟，果然是名不虛傳。」

「南宮兄弟本不該找他比劍的。」

「可是南宮兄弟也是赫赫有名的武林世家子弟，怎麼受得了他那種輕視。」

「尤其是南宮遠，不但有一身家傳的武功，而且還是嘯雲劍客的入室弟子，劍法之高，據說已可算是當今江湖中的七大高手之一。」

「所以這一戰大家本來都看好南宮遠的，郭定畢竟是個初出道的人。」

「據我所知，吉祥茶館裡卻有很多人以十博一，賭南宮遠勝。」

「早知如此，我也該去賭一下子的。」

「那時你敢賭郭定勝？」

「……」

「有誰想得到，像南宮遠這麼有名的劍客，竟連郭定十招都接不住。」

「嵩陽鐵劍，果然真霸道，尤其是他那最後一招『天地俱焚』，我敢打賭，江湖中能接得下他這一招的人，絕不會超過五個。」

「這一下嵩陽鐵劍郭定可真是出足了風頭，連那幾個平日眼高於頂的鏢局老總，都搶著要做東，請他去喝酒。」

「現在他已經是城裡最出風頭的人，莫說鏢局裡的人要請他喝酒，連我都想請請他，能跟這種人喝杯酒，我面子上也有光彩。」

「現在他若想去找女人，我敢保證，一定有很多女人情願倒貼。」
「他雖然不能算是個小白臉，倒真有點黑裡俏。」
「聽說皮膚黑的人，對女人都有一手。」
「皮膚黑的女人，那地方也……」
下面說的話，竟愈來愈不像話了。
葉開沒有再聽下去。
剛才外面那麼靜，原來是因爲人們都趕著去看郭定和南宮遠的決戰了，若是在平時，葉開一定也會去看看的。
他知道南宮遠這個人，也確實知道這個人的劍法得過真傳。
近年來，他一直都是在江湖中很露鋒芒的人，但現在他的光芒顯然已被郭定搶盡。
郭定現在想必一定很愉快。
少年成名，本就是人生中最令人愉快的幾件事之一。
葉開瞭解這種感覺，可是他並不羨慕。
他只想找個安靜的地方，靜靜的喝兩杯酒，酒雖然會痲痺人的頭腦，但有時也可以令人的頭腦清醒。
他慢慢的站了起來，慢慢的走了出去。
沒有人注意他，甚至沒有人看他一眼，只有贏家才是人們的對象。

他現在卻是個輸家。

窄巷的盡頭，有家小小的酒舖，連招牌都已被油煙燻黑。

屋子裡的燈光昏暗，一個沒精打采的夥計，正坐在小炭爐旁烤火。

客人也只有一個，背對著門，坐在最陰暗的一個角落裡，獨自喝著悶酒。

他想必也跟葉開一樣，是個輸家，是個失意的人。

若是在平時，葉開說不定會過去，找他喝兩杯——同是天涯淪落人，相逢何必曾相識？

但現在他卻寧願孤獨。

夥計沒精打采走過來，替他擺了雙筷子，上面還帶著霉點的竹筷子。

可是葉開不在乎。

「要點什麼？」

「酒，五斤酒，隨便什麼酒都行。」

「不切點滷菜？」

「有現成的，就給我來一點。」

這客人看來並不挑剔，夥計嘴角終於露出了一絲笑容：「那位客人切了個小拼盤，我就給你照樣來一碟怎麼樣？」

「行。」

那位客人顯然也不挑剔。

一個失意的人，又還能挑剔什麼呢？

酒還沒有來，葉開就靜靜等著，他本不期望這種地方會有什麼慇懃的招待。

那邊的客人也一直沒有回過頭來看看他，此刻卻突然道：「我這裡有酒，爲什麼不過來先喝一杯？」

這聲音很熟，這人是誰？

葉開回過頭，這人淡淡的又道：「其實你應該過來敬我一杯的，你欠我的情。」

「是你。」

葉開終於聽出了他的聲音。

這個在小酒舖裡獨自喝著悶酒的失意者，竟是現在這城裡的風雲人物郭定。

「是我。」

郭定終於回過頭，淡淡的一笑，道：「你想不到是我？」

葉開的確想不到。

他走過去，坐下，看著郭定道：「你本不該在這裡的。」

郭定道：「爲什麼？」

葉開道：「這種地方，本只有我這種人才會來。」

郭定道：「哦？」

葉開笑了笑，道：「你知不知道你現在已成了這裡最出風頭的人？」

郭定冷冷道：「就因爲我刺了南宮遠一劍？」

葉開道：「能戰勝南宮遠，並不是件容易事。」

郭定冷笑。

葉開看著他，道：「現在城裡也不知有多少大人物在搶著要請你喝酒，你爲什麼反而一個人跑到這種地方來？」

郭定沒有回答，卻替他倒了杯酒，道：「你說得太多，喝得太少。」

葉開舉杯一飲而盡。

郭定也在看著他，忽然問道：「你以前有沒有戰勝過？」

「當然有。」

郭定道：「你戰勝的時候，是不是也有很多大人物要搶著請你喝酒？」

葉開道：「是。」

郭定道：「你去不去？」

葉開道：「不去。」

郭定笑了，笑容中卻帶著種說不出的寂寞之意，又喝了杯酒，才徐徐道：「以前我總是想戰勝別人，壓倒別人，可是現在……」

葉開道：「現在怎麼樣？」

郭定凝視著手裡的空杯，道：「現在我才知道，勝利的滋味並不如我想像中那麼好。」

他忽然將手裡的空杯重重的放在桌上，道：「你看這是什麼？」

葉開道：「這是個空酒杯。」

郭定道：「一個人戰勝了之後，有時也會忽然變得像這空酒杯一樣……」

杯中的酒已空了，一個人戰勝之後，心裡那種鬥志和慾望，也會像杯中的酒一樣，突然變空了。

這種感覺他雖然沒有說出來，可是葉開能瞭解這種無法形容的空虛和寂寞，他也曾體驗過。

他沒有再說什麼，替郭定倒滿了空杯，微笑道：「你也說得太多，喝得太少。」

郭定舉杯。

葉開微笑著，又道：「無論如何，勝利的滋味至少總比失敗好。」

寒夜，風在窗外呼嘯。

小炭爐裡的火似已將熄滅，那沒精打采的夥計，將脖子縮在破棉襖裡，似已快睡著了。

在如此寒夜裡，只有家才是溫暖的。

流浪在天涯的浪子們，你們的家在哪裡？你們爲什麼還不回去？

混濁的酒，冷得發苦，可是冷酒喝下肚子裡後，也會變成一團火。

已喝了幾杯？誰去記它？誰記得清？

葉開滿滿的倒了一杯，很快的喝了下去。

他想醉？想逃避？

若是遇見了一些無法解決，無可奈何的事，又有誰不想大醉一場？

郭定看著他，道：「我本來只想一個人在這裡大醉一場，卻想不到會在這裡遇見你。」

葉開道：「你想不到我會到這種地方來喝酒。」

郭定道：「我想不到你會一個人來。」

葉開又乾了一杯，忽然笑了笑，道：「我自己也想不到。」

他笑得很苦。

郭定不懂：「你自己也想不到？」

葉開沉默著，過了很久，才問道：「你知不知道東海玉簫？」

郭定當然知道，說道：「可是我沒有見過他。」

葉開道：「我見過。」

東海玉簫已有很多年未曾在江湖中出現過，郭定忍不住問：「你幾時見過他？」

葉開道：「剛才。」

郭定的眼睛裡突然發出光：「你們已交過手？」

葉開點點頭。

郭定道：「你也勝了他？所以你才到這裡來喝酒？」

葉開道：「我沒有勝，也沒有敗。」

郭定又不懂。

在他的思想中，兩人只要一交上手，就一定要分出勝負。

葉開道：「我們雖然已交手，卻沒有繼續下去。」

郭定道：「爲什麼？」

葉開道：「因爲我不想敗給他。」

郭定道：「你沒有把握勝他？」

葉開道：「沒有。」

郭定道：「你已看出他的武功比你高？」

葉開笑了笑：「他的武功很淵博，也許正因如此，所以不能精純。」

郭定道：「你本來可以勝他的？」

葉開並不否認。

郭定道：「可是今天你卻沒有把握勝他？」

葉開道：「完全沒有。」

郭定道：「爲什麼？」

葉開道：「因爲我的心很亂。」

郭定道：「你看來並不像時常會心亂的人。」

葉開道：「我本來就不是時常會心亂的人，可是今天……」

郭定突然明白：「難道那位丁姑娘已落入玉簫手裡？」

葉開點點頭，再次舉杯，一飲而盡。

郭定也乾了一杯，又一杯，「鐵劍好名，玉簫好色」，這句話他當然聽說過。

他突然奪過葉開的酒杯，大聲道：「今天你絕不能喝醉。」

葉開苦笑。

郭定道：「你一定要想法子趕快將她救出來。」

葉開道：「我想不出法子。」

郭定道：「玉簫想怎麼樣？」

葉開道：「他要我用上官小仙去將她換回來。」

郭定道：「你不肯？」

葉開道：「我肯，可是我找不到上官小仙。」

郭定道：「你也不知道她在哪裡？」

葉開道：「沒有人知道。」

郭定道：「她真的不是傳說中那樣的白痴？」

葉開苦笑道：「我本來也被她騙過了，我這一生中從來也沒有遇見過比她更狡猾，更可怕的人。」

郭定凝視著他，過了很久，才徐徐道：「這些話本不能相信的。」

葉開道：「我明白。」

郭定道：「可是現在我相信了。」

葉開也沉默了很久，才徐徐道：「我本不願將這件事告訴你，可是現在我卻說了出來。」

他並沒有去看郭定。

郭定也不再看他。

他們竟彷彿在盡量避免接觸到對方的目光。

他們都不是那種喜歡將自己情感流露出來，讓別人知道的人。

難道他們都生怕自己的情感一時激動，會流下淚來？

但友情這件事，本就不是用眼睛看的。他們雖然不去看，友情卻已在他們心裡撒下了種籽生出了根。

這的確是件很奇妙的事。

一個人往往會在最奇怪的時候，最奇怪的地方，和一個最想不到的人交成朋友，甚至連他們自己都不知道這種情感是怎麼來的？

也不知過了多久，郭定忽然道：「上官小仙雖然找不到，但東海玉簫卻一定可以找得到。」

葉開在聽著。

郭定道：「他是個喜歡享受的人，這城裡的好地方卻不多。」

葉開道：「最好的地方本來是冷香園，但現在卻已只冷不香了。」

郭定道：「但他還是很可能會住在那裡，據說他無論到哪裡，都一向有很多隨從的人。」

葉開笑道：「就算他在那裡又如何？」

郭定道：「他在那裡，丁姑娘也就在那裡。」

葉開道：「你要我去救她？」

郭定道：「你不去？」

葉開苦笑道：「我現在的心更亂，更沒有把握勝他。」

郭定道：「我難道不是人？」

葉開霍然抬起頭，凝視著他，道：「你……」

郭定道：「我難道不能跟你一起去？」

葉開道：「可是……可是丁靈琳還在他手裡。」

郭定道：「我明白你的意思，你是投鼠忌器，怕他用丁姑娘來對付你，怕他傷害了丁姑娘。」

葉開點點頭。

郭定道：「但你卻忘了一點。」

葉開道：「哦？」

郭定道：「他一定以爲你現在正急著找上官小仙，一定想不到你會去找他的，所以他就一定不會有警戒。」

葉開道：「不錯。」

郭定道：「何況，他更不會想到我們已成了朋友。」

朋友！

這是多麼溫暖，多麼美麗的兩個字。

這兩個字竟真的從這個驕傲冷酷的年輕人嘴裡說了出來。

葉開還能說什麼?還需要說什麼?

他什麼都不再說，他已站了起來，忽然用力握住了郭定的肩。

「我們走。」

「走！」

十二 冷夜離魂

冷香園。

夜冷、梅香，人蹤已杳。

梅林裡簌簌的響，是風？還是昨夜枉死在這裡的冤魂？

「你一直都沒有再見到韓貞？」

「沒有。」

「那麼他說不定還在這裡。」

葉開嘆道：「我只希望找到的不是他的屍體。」

那些人的屍體呢？

找不到。

聽濤樓上下，連血跡都已被洗得乾乾淨淨。

是誰替他們收屍的呢？

「衛天鵬他們的屍體昨夜還在這裡。」

「嗯！」

「是誰替他們收了屍？」

沒有回答，沒有人能回答。

剛隔夜的冰雹，晚上又結成了冰。

風颳在臉上，已不像是風，像是刀。

寒梅在冷香中卻更香。

「你看見燈火沒有？」

「沒有。」

「玉簫難道不在這裡？」

突然間，結了冰的小徑上，竟似響起了一陣很輕的腳步聲。

如此寒夜，有誰會在雪徑上獨行？莫非是那些人的鬼魂？

鬼魂又怎會有腳步聲？

還是沒有燈光，無燈，無星，無月。

黑暗中彷彿出現了條人影，正慢慢的走出了梅林中的小徑。

他走得很慢，還不時在東張西望，竟似在尋找著什麼。

如此寒冷的深夜裡，在這無人的梅林中，他尋找的是什麼？

走得近了，才聽出他嘴裡竟一直在喃喃自語：「酒呢……什麼地方有酒……」

葉開幾乎忍不住要叫了出來：「韓貞！」

這個人竟赫然真的是韓貞。

難道他居然還在替葉開找酒？

雪光反映，照上了他的臉，他的臉上竟赫然全是血，血也已結成了冰。

葉開只覺得胸中一陣氣血上湧，立刻從他隱藏的小石後衝了出去，衝到韓貞面前，一把握住了韓貞的肩。

韓貞看了他一眼，忽然道：「酒呢？……你知不知道什麼地方有酒？」

他竟已不認得葉開，可是他還在爲葉開找酒。

他的臉竟已幾乎完全破碎扭曲，竟像是個已被人一腳踩爛了的硬殼果。

葉開不忍再看：「你……你怎麼會變成這樣子的？這是誰下的毒手？」

韓貞似乎想笑，卻笑不出，嘴裡還是喃喃的在問：「酒呢？什麼地方有酒？」

葉開的心，也好像被人重重踩了一腳。

郭定就在身後，忍不住道：「他就是韓貞？」

葉開點點頭。

郭定也不禁嘆息，道：「看來他是在替你找酒的時候，被人痛毆了一頓，打得他神智記憶都喪失。」

葉開用力握緊雙拳，默然道：「不過他還記得替我找酒。」

郭定嘆道：「看來他也是個好朋友。」

葉開恨聲道：「只可惜我不知道這是誰下的毒手，否則……」

郭定道：「我想這絕不是上官小仙。」

葉開道：「哦！」

郭定道：「一個女人，絕不會有這麼重的手。」

韓貞實在被打得太慘，不但臉已破碎扭曲，連肋骨都已陷落下去，至少斷了六、七根。

他怎麼能活到現在的？

在這種冰天雪地裡，他怎麼還沒有凍死？

葉開想問，但韓貞卻已甩脫他的手：「放開我，我要去找酒。」

除了這件事外，他已記不得別的。

葉開嘆了口氣，柔聲道：「好，我帶你去找酒。」

這句話說完，他已點了韓貞的睡穴，將韓貞攔腰托了起來。

郭定道：「只要能安安靜靜的睡一天，他也許會清醒的。」

葉開嘆道：「但願如此。」

屋子裡有床，也有燈。

葉開將韓貞放在床上：「你有沒有火摺子？」

郭定已燃起燈，燈光照在韓貞臉上，更慘不忍睹。

葉開雖不忍看，卻不能不看，他一定要查出這是誰下的毒手。

他雖然是個不願記住別人仇恨的人，但這次的情況卻不同。

若不是爲了替他找酒，韓貞又怎麼會落得這麼慘。

爲了這樣的朋友，無論什麼事他都應該做。

郭定也在凝視著韓貞的臉，道：「這不是鐵器打的。」

葉開點點頭，若是被鐵器打傷，傷痕也可以看得出。

郭定道：「難道有這麼重的手法？」

葉開道：「韓貞的武功並不弱，能一拳打到他的臉，這樣的人並不多。」

他忽然想起自己也曾一拳打在韓貞臉上，但是那次的傷痕卻遠比現在輕得多，顯得這人的手不但比他重，手上一定還有特別的功夫。

解開衣襟，肋骨斷了五根。

如此寒天，韓貞穿的衣服當然也很厚。

郭定皺眉道：「隔著這麼厚的衣服，還能一拳打斷他五根肋骨，這種人實在不多。」

葉開道：「而且這只是硬傷，並沒有內傷。」

若不是衣服上沒有鐵器的痕跡，無論誰都會認爲這是被一柄鐵鎚打傷的。

郭定道：「難道這人的手竟跟鐵鎚一樣硬？」

葉開道：「看他的傷痕，也不像是被鐵砂掌一類的功夫打傷的。」

郭定點點頭道：「若是那一類的掌力，必定會震傷內腑。」

葉開嘆了口氣，道：「所以我實在不明白，這究竟是種什麼樣的功夫？」

郭定道：「你遲早……」

他的聲音突然停頓，無言的寒風中，竟突然傳來了一陣淒涼的簫聲。

東海玉簫！

郭定一反手，已搧滅了燈光：「他果然在這裡。」

葉開道：「你能不能在這裡替我……」

郭定立刻打斷了他的話：「韓貞已睡著，用不著我在這裡看守，你卻不能一個人去。」

這就是友情，友情就是瞭解和關切。

葉開看著韓貞：「可是他……」

郭定又打斷了他的話：「現在他的死活，對別人已沒有影響，所以他才能活到現在，可是你……」

他沒有再說下去，也不必再說下去。

葉開只覺得胸中的血又熱了，也不能不承認他說的話有道理。

「好，我們走。」

淒涼的簫聲，在寒夜中聽來，令人的心都碎了。

簫聲是從梅林外傳來的。

梅林外的假山旁，有個小小的八角亭，亭子裡有條朦朧的人影，那人正在吹簫。

葉開他們從後面悄悄的繞了過去，他們的行動當然不會發出任何聲音。

吹簫的人還在吹簫，簫聲似在顫抖。

葉開忽然發現這並不是「東海玉簫」的簫聲，再走近些，又發現這人身上雖穿著道袍，腰肢卻很纖細，竟是個女道人。

就在這時，簫聲突然停頓。吹簫的這個女道人，竟似在低低哭泣。

葉開遲疑著，終於走過去，輕輕咳嗽了一聲。

這女道人卻似突然被抽了一鞭子，全身都顫抖起來，哀聲道：「我吹……我絕不敢再停下來了。」

葉開道：「可是我並沒有要叫你不停的吹下去。」

女道人回過頭，看見他，雖然也吃了一驚，卻又彷彿鬆了口氣：「是你。」

她認得葉開，葉開也認得她。

她正是玉簫道人的女弟子中，長得最媚的一個。

葉開忍不住問：「你怎麼會一個人到這裡來吹簫？」

女道人道：「是……是別人逼我來的。」

裡。」

「誰？」

「是個蒙著臉的人。」

「他爲什麼要逼你到這裡來吹簫？」

「我也不知道，他逼我到這裡來，叫我一直吹，否則他就要脫光我的衣服，把我吊在這

裡。」

「你怎麼會落在他手裡的？」

「那時我正在……正在後面，只有我一個人，想不到他竟突然闖了進來。」

葉開當然知道「後面」是什麼意思，女孩子在方便時，當然也只有一個人，這種事她當然

不好意思說出口。

但葉開卻又問道：「那時你究竟在什麼地方？」

「就在吉祥棧後面那院子。」

吉祥棧就是葉開住的那客棧，那裡不但有最好的廚子，也有最舒服的床。

喜歡享受的人，當然會住在那裡。

葉開嘆了口氣，苦笑道：「原來你們就在我後面的院子裡，我卻到這裡來找。」

女道人緊緊閉著嘴，死也不開口了。她知道自己已說漏了嘴，現在就算不開口，也已來不

及。

葉開道：「有句話我要問你，你也可以不說。」

女道人閉著嘴。

葉開道：「但你若不說，我就將你留在這裡，讓那個蒙面人再來找你。」

女道人臉上立刻露出恐懼之色，搶著道：「我說。」

葉開道：「你們帶走的那丁姑娘，是不是也在那院子裡？」

女道人雖然還是不開口，卻已等於默認。

葉開道：「好，我們不妨做個交易，你帶我去找她，我就送你回去。」

女道人沒有拒絕。她對那蒙面人的恐懼，已遠比她對任何事的恐懼都深。

她死也不願留在這裡。

那蒙面人是誰？爲什麼要逼著她到這裡來吹簫？

難道他已知道葉開要來這裡找玉簫，所以特地用這法子指點葉開一條明路？

他爲什麼要這樣做？他是不是另有目的？

這些問題，葉開當然都不能解釋。他忍不住又問：「那蒙面人究竟是個什麼樣的人？」

「他不是人，簡直是個鬼，惡鬼。」想起了這個人，她的身子又開始發抖。

顯然這個人一出手就制住了她，她已完全沒有抵抗的能力。

可是東海玉簫的女弟子，武功也絕不會太差的。

葉開看著郭定，長長嘆了口氣，道：「你說的不錯，現在雖不是九月，但卻已有群鷹飛起，而且全都飛到了這裡。」

被褥還是凌亂的，枕上也許還有著丁靈琳的髮絲。

一回到這裡，葉開的心就開始隱隱作痛——她現在怎麼樣了，東海玉簫會不會……

葉開連想都不敢想。

郭定看著床上凌亂的被褥，眼睛又露出種奇怪的表情。

他沒有再看第二眼，他的心彷彿也在隱隱作痛。

現在他總算已完全明白了葉開和丁靈琳的關係。

韓貞已被放到床上，睡得仍很沉。睡穴實在是個很奇怪的穴道。

那女道人低垂著頭，站在屋角，蒼白的臉上，總算已有了些血色。

東海玉簫的女弟子都很美，她尤其美。

她美得和丁靈琳不同，不但美，而且媚，她已是個完全成熟的女人。

無論誰看見她黃昏時在簫聲中款擺腰肢，媚眼如絲的神情，都難免會心動的。

葉開看了她一眼，道：「坐。」

女道人慢慢的搖了搖頭，忽然道：「現在我可不可以回去？」

葉開道：「不可以。」

女道人垂下頭，咬著嘴唇，道：「你們若想利用我去要挾玉簫道人，你們就錯了。」

葉開道：「哦？」

女道人道：「你們就算當著他面前殺了我，他也不會關心的。」

她眉眼間彷彿帶著種幽怨之色，輕輕的接著道：「我從來也沒有看見他關心過任何人。」

郭定凝視著她，忽然道：「我們若在你面前殺了他呢？」

女道人道：「我也不會掉一滴眼淚。」

她說得很乾脆，連考慮都沒有考慮。

郭定道：「那麼你爲什麼要回去？」

女道人道：「因爲我……我……」

她沒有說下去，她的聲音似已哽咽，美麗的眼睛裡已有了淚光。

葉開明白她的意思。

她一定要回去，只因她根本沒有別的地方可去。

葉開並不是個心腸很硬的人，忽然問：「貴姓？」

「我姓崔。」

「崔？」

「崔……崔玉真。」

葉開笑了笑，道：「你爲什麼不坐下來，難道怕這椅子會咬人？」

崔玉真也忍不住笑了，她發現自己在笑的時候，美麗的臉上立刻露出紅霞。

葉開看見她隨著簫聲扭動腰肢的時候，本以爲她是個已忘記了羞恥的女人。

現在他才發現她還是保留著一份少女的嬌羞和純真。

只不過，無論誰在不得已的時候，都難免會做出一些令別人覺得可恥，自己也會後悔的事。

有時人就像是一隻被蒙著眼推磨的驢子，生活就像是一條鞭子。

當鞭子抽到你背上時，你只有往前走，雖然連你自己也不知道要走到什麼時候爲止。

葉開輕輕嘆息了一聲，道：「你若不願回去，就可以不必回去。」

崔玉真又垂下頭：「可是我……」

葉開道：「我明白你的意思，可是這世界很大，你慢慢就會發現有很多地方都可以去的。」

崔玉真也明白了他的意思，她忍不住抬起頭看了他一眼，眼睛裡充滿了感激。

葉開道：「你也不必幫我們去找丁姑娘，只要告訴我們她在哪裡就行了。」

崔玉真遲疑著，終於道：「就在後面的那個院子裡。」

葉開等著她說下去。

崔玉真道：「那個院子很大，一共好像有十三、四間房，丁姑娘就被鎖在最後面的一間偏房裡，窗台的外面擺著三盆臘梅。」

葉開道：「有沒有人在那裡看守她？」

崔玉真道：「只有一個人在裡面陪她，因爲她還不能走動，玉簫也不怕她會跑。」

葉開道：「玉簫道人睡在哪裡？」

崔玉真道：「他晚上很少睡的。」

葉開道：「不睡在幹什麼？」

崔玉真咬緊了牙，沒有回答，但臉上又露出那種悲憤幽怨之色。

她不必再說了。

「玉簫好色」，他現在應該已有七十歲，看起來卻遠比實際的年紀輕。

他有很多美麗而年輕的女弟子。

他晚上在幹什麼，葉開當然已可猜得出來。

郭定面上已現出怒容，忽然道：「你們是不是被他所逼，才跟著他的？」

崔玉真搖搖頭，悵然道：「我們本來都是貧苦人家的子女。」

郭定道：「你們都是被他買來的？」

崔玉真頭垂得更低，眼淚已流下面頰。

郭定突然用力一拍桌子，冷冷道：「就算沒有丁姑娘這件事，我也絕不會放過他的。」

葉開道：「可是現在……」

郭定道：「我知道，現在我們當然要先救出丁姑娘再說。」

崔玉真忽然又道：「他晚上雖然不睡，可是到了天快亮的時候，一定要睡三個時辰。」

現在距離天亮至少還有半個多時辰。冬天的夜總是比較長。

葉開看了看天色，道：「好，我們等。」

床上的韓貞忽然翻了個身，發出了夢囈——葉開點他穴道，用的力量並不大。

他彷彿還是在說：「酒呢……什麼地方有酒……」

反反覆覆說了幾遍後，他的人突然從床上跳起來，大叫道：「姓呂的，我認得你，你好狠。」

這句話說完，他又倒了下去，滿頭都是冷汗。

葉開動容道：「姓呂的？」

郭定道：「看來打傷他的那個人一定姓呂。」

葉開沉思著，道：「你知不知道江湖中有什麼姓呂的高手？」

郭定道：「近年來好像只有一個。」

葉開道：「呂迪？」

郭定點點頭，道：「不錯，『白衣劍客』呂迪。」

葉開道：「你見過他出手？」

郭定搖搖頭，道：「我只知道他雖然是『銀戟溫侯』呂鳳先的堂侄，練的卻是武當劍法，武當是內家正宗，絕不會……」

葉開突然打斷了他的話，道：「你說他是誰的侄子？」

郭定道：「呂鳳先，『銀戟溫侯』，昔年兵器譜上排名第五。」

葉開的眼睛裡突然發出了光，道：「呂鳳先，我怎會忘了這個人。」

郭定道：「你認爲是他麼？」

葉開道：「銀戟溫侯在兵器譜上排名第五，在別人已是件很值得榮耀的事，可是在他看來，卻是種恥辱。」

郭定瞭解這種心情：「有很多人都不能忍受屈居人下的。」

葉開道：「但他也知道百曉生絕不會錯，所以他毀了自己的銀戟，練成了另一種可怕的武功。」

郭定道：「什麼武功？」

葉開道：「他的手！」

郭定的眼睛也亮了。

葉開道：「據說他已將他的手練成鋼鐵般堅硬鋒利。」

郭定道：「你是聽誰說的？」

葉開道：「一個曾經親眼看過他那隻手的人，一個絕不會看錯的人。」

郭定道：「小李探花？」

葉開點點頭，道：「世上若有一個人能赤手將韓貞打成這樣子，這個人就一定是呂鳳先。」

郭定道：「可是他多年前就已失蹤了。」

葉開冷笑道：「連死了的人都可能復活，何況是失蹤了的人。」

郭定道：「你認爲他也已到了這裡？」

葉開道：「你說過，現在雖不是九月，卻是獵狐的時候。」

郭定的眼睛裡閃著光道：「呂鳳先無疑也是隻鷹。」

葉開道：「也許他已可算是群鷹中最可怕的一隻鷹。」

郭定道：「他若真的來了，你要找他？」

葉開望著床上的韓貞，緊緊閉住了嘴。

他已不必再開口。

郭定的眼睛更亮，卻彷彿凝視在遠方，喃喃道：「能與昔年兵器譜上排名第五的人決一勝負，倒也是人生一大快事。」

葉開道：「但這卻不是你的事。」

郭定道：「不是？」

葉開的表情很嚴肅：「絕不是。」

郭定微笑著道：「不必怕我搶你的生意，韓貞是你的朋友，不是我的。」

葉開終於也笑了笑，道：「這句話我希望你最好莫要忘記。」

郭定的表情也變得很嚴肅，道：「你最好也莫要忘記一件事。」

葉開道：「什麼事？」

郭定道：「銀戟溫侯排名第五，但是他的手卻比他的銀戟更可怕。」

他凝視著葉開，慢慢的接著道：「我不想看見你被人打得像韓貞這樣子。」

葉開忽然轉過身，推開了窗戶。

窗外冷風如刀，但他的心卻是熱的，就像是剛喝下滿滿一杯醇酒。

遠方的空谷，本是一片黑暗，此刻卻已剛剛變成了灰白色。

然後他就聽到了一聲雞啼。

「是最後面靠左的一間屋子，窗台外面還擺著三盆臘梅。」

十三　海市蜃樓

後面的院子果然很大，東方雖已現出曙色，窗子卻還亮著燈。

屋裡有人在大笑：「貧道此番重入紅塵，就是要看看今日之江湖，究竟是誰家的天下？」

這是玉簫道人的聲音。

屋子裡居然還有另外一個人。

「晚輩當然不敢和道長爭一日之短長，只可惜江湖中卻偏偏還有些不知天高地厚的無知小輩。」

這不是玉簫道人的聲音，聽來卻很熟。

伊夜哭。

他果然是個很會投機取巧的諂媚小人。

看來他竟已投靠了玉簫道人。

葉開的心沉了下去。

玉簫道人非但沒有睡，而且還多了個幫手。

只聽玉簫道人在問：「你知道這種無知的小輩有些什麼人？」

「嵩陽郭定、武當呂迪、鐵錐子韓貞、飛狐楊天、南海珍珠、青城墨氏……據我所知至少已有這些人到長安來了。」

他顯然還沒有忘記兵器被毀的仇恨，第一個提到的名字就是郭定。

他實在很希望看著玉簫道人殺了郭定。

玉簫道人又問：「還有沒有別人要來？」

「當然有。」

「至少還有個葉開。」

伊夜哭冷笑：「葉開不足懼。」

「哦？」玉簫道人顯得很驚訝，葉開的武功，他已領教過。

「因爲這個人已等於是個死人。」

「哦？」

「現在長安城裡，要殺他的人也不知道有多少，他簡直已死定了。」

玉簫道人大笑：「玉容，還不爲伊先生斟酒？」

看來他們竟打算作長夜之飲，連一點睡覺的意思都沒有。

但葉開現在卻只剩下二個時辰，此刻若不出手，以後的機會更少。

郭定附在他耳邊，慢慢道：「我在這裡牽制住他們，你去救人。」

葉開堅決搖頭：「不行。」

「爲什麼不行？」

葉開冷冷道：「我不想替你收屍。」

他的聲音雖冷，但這種情感卻遠比醇酒更能令人發熱。

郭定解開了衣襟，冷冷道：「你難道想收丁靈琳的屍？」

葉開道：「我有法子，一定有法子的……」

其實他一點法子也沒有，他的心又亂了，爲了丁靈琳的安全，他絕不能冒一點險。

郭定知道，他已準備衝進去，他並不是個很冷靜的人。

他認爲只要自己一衝進去，葉開就只好到後面去救人的。

可是他錯了。

他若衝進去，葉開絕不會拋下他，他們雖然可以對付伊夜哭和玉簫道人，可是丁靈琳還在玉簫道人手裡。

玉簫道人若用丁靈琳來要挾葉開，葉開就非死不可。

他的身子已騰起——

突然間，窗子裡一聲驚呼，是伊夜哭的驚呼聲。

「你……你這是幹什麼？」

玉簫道人的聲音冰冷：「我要殺了你。」

「我好意前來，你竟要殺我？」

玉簫道人冷笑：「你將我看成什麼人？竟想來利用我，你才是無知的鼠輩，我不殺你殺什麼人？」

屋子裡已響起了一陣桌椅碰倒聲，杯盤跌碎聲——

郭定的身子雖已跳起，卻改變了方向，貼著牆竄過去了。

葉開也沒有落後。

他們都已看出，現在正是救人的好機會，伊夜哭最少可以抵擋玉簫道人二、三十招。

這時間雖然不長，但只要他們的行動夠快，就已足夠。

所以他們已連一剎那都耽誤不得。

幸好窗台上擺著臘梅，是個很明顯的標誌，他們連找都不必找。

窗子裡也亮著燈。

窗上有兩條人影，一個是梳著道髻的女道人，一個正是丁靈琳。

看她們的姿態，彷彿正在對坐著下棋。

郭定已撞破窗戶，衝了進去，他無論做什麼事都乾脆得很。

葉開的心卻沉了下去。他知道裡面的那人影絕不是丁靈琳。

丁靈琳絕不會下棋的，她的大哥丁靈鶴雖然是此道的高手，她卻連子都不會擺。

她一向認為兩個人坐在那裡，將一些黑白的石頭往一塊木板上擺來擺去，是件很無聊的事。

這難道又是個陷阱？

可是郭定既然已闖了進去，葉開也只好硬著頭皮往下跳。

一闖進屋子，郭定也立刻就發現丁靈琳並不在這屋子裡。

坐在女道人對面的這少女，雖然穿著丁靈琳的衣服，梳著和丁靈琳一樣的髮式，卻不是丁靈琳。

若是換了別人，一定會吃驚，發怔。

但郭定做事卻有他自己獨特的方式。他的手一反，劍已出鞘，劍柄已打在那女道人的咽喉上。

她連驚呼都沒有發出，就已倒下。

另一個少女也沒有叫出聲來，因爲郭定的劍鋒已逼住了她的咽喉。

「丁姑娘在哪裡？」

這少女臉色雖已嚇得發青，但卻擺出一副寧死也不說的神情。

郭定也沒有再問，左手已伸出，抓住了她的衣襟，一把就將她裡裡外外五、六件衣服全都撕成了兩半，露出了她雪白的身子，高聳的胸膛，纖細的腰。

這少女的臉似已嚇得發綠。

郭定道：「你再不說，我就將你的人撕成兩半。」

這少女已嚇得連聲音都發不出來，只是指了指角落裡的衣櫃。

衣櫃很大。

葉開衝過去，拉開，裡面果然有個人，一個穿著道裝的女人，似已被人點了睡穴，卻正是丁靈琳。

郭定道：「在不在？」

葉開道：「在！」

兩句話一共只有四個字，葉開已抱起丁靈琳，竄出窗戶。

郭定輕輕拍了拍這少女微微凸起的小腹，微笑道：「你已快發胖了，以後記住千萬不能吃肉。」

燈已吹熄，曙色剛染上窗紙。

崔玉真正在用一塊布巾替韓貞擦冷汗，她果然沒有走。

看見葉開抱著丁靈琳回來，她居然笑了。

床上的韓貞猶在沉睡，葉開只有將丁靈琳放在椅子上。

他總算鬆了口氣。

崔玉真道：「後面有沒有人在追？」

葉開搖搖頭，微笑道：「玉簫就算發現她已被救走，也絕不會想到我們的人還在這裡。」

郭定也已回來，冷冷道：「現在我們希望他追到這裡來，就算他不來，我也會去找他的。」

葉開笑道：「若不是你，我真不知道該怎麼樣才能讓那女孩子說實話。」

郭定道：「要女人說實話並不難。」

葉開道：「哦？」

郭定道：「一個女人的衣服若突然被撕光，很少還有敢不說實話的。」

葉開道：「看不出你對付女人也很有經驗。」

郭定笑了笑，道：「我練的並不是童子功。」

葉開也笑了：「像你這樣的男人，想練童子功只怕都很難。」

郭定看了丁靈琳一眼，立刻就轉過眼睛，道：「她是不是被人點了啞穴？」

葉開道：「嗯！」

郭定道：「現在她已不必再啞下去。」

葉開微笑著，拍開了丁靈琳的穴道，看到丁靈琳那雙美麗的眼睛又已張開來看著他，他實在覺得愉快極了。

丁靈琳卻似還沒有睡醒，眼波朦朧，看了他兩眼，遲疑著道：「葉開！」

葉開笑道：「你難道不認得我了？」

丁靈琳道：「我認得你。」

她突然伸出手。她的手裡竟有把刀，一刀刺入了葉開的胸膛。

鮮血箭一般噴出來，直噴在丁靈琳臉上，她蒼白的臉立刻被鮮血染紅。

葉開的臉上卻已全無血色，吃驚的看著她。

每個人都在吃驚的看著她，無論誰都作夢也想不到她會向葉開下這種毒手。

丁靈琳卻在大笑，瘋狂的大笑，突然跳起來，突然竄了出去。

葉開一隻手按住胸膛上的創口，想追，人已倒下，顫聲道：「追……追她回來。」

不等他說，郭定已追出。

葉開想過去看看他們是往哪邊走的，可是腿已發軟，眼前突然變成了一片黑暗。

絕望的黑暗。

他最後看見的，是崔玉真那雙充滿了驚懼和關切的眼睛。

他最後聽見的，是他自己的頭撞在桌子上的聲音。

凌晨。

天空還是灰黯的，人都還在沉睡。

丁靈琳像是隻羚羊，在一重重屋脊上跳躍著，還不時發出瘋狂的笑聲。

「我已殺了葉開，我已殺了葉開……」

她竟似覺得這是件非常值得高興的事。

「她瘋了。」

郭定已將自己的輕功施展到極限，還是追出了很遠，才追上她。

「丁姑娘，跟我回去。」

丁靈琳瞪了他一眼，竟已完全不認得他，突然一刀向他刺了過去。

刀上還有血，葉開的血。

郭定咬了咬牙，回身反手，去奪她的刀。

他並沒有奪下她的刀，可是他另一隻手已閃電般的扣在她左頸後。

丁靈琳的眼睛突然發直，人已倒下。

四面無人，屋脊上的霜白如銀。

丁靈琳的呼叫，居然並沒有將玉簫驚動出手。

郭定已抱起了丁靈琳，他急著要趕回去看看葉開的傷勢，已顧不得男女之嫌。

可是那屋子裡已沒有人了……已沒有活人了。

一直沉睡昏迷著的韓貞，已被一柄長劍釘死在床上。

地上的血跡已凝結，是葉開的血。

桌角上也有血跡，也是葉開的血。

但葉開的人卻已不見了，崔玉真也已不見了。

是誰的長劍？是誰下的毒手？爲什麼要對一個半死不活的人下毒手？

葉開到哪裡去了？難道已被崔玉真帶回去獻給了玉簫道人？

無論如何，他實在已凶多吉少。

屋子很小，但卻收拾得很乾淨。

屋角裡有個小小的木櫃，是鎖著的，旁邊的妝台上，擺著面銅鏡。

冷風吹得窗紙簌簌的響，門上掛著布簾，門外傳來一陣陣藥香。

葉開並沒有死。

他已醒了過來，他醒來時，就發現自己是在這麼樣一個地方。

然後他才發現自己是赤裸裸的躺在床上，蓋著三條很厚的棉被。

他胸膛上的傷口已被人用白布包紮了起來，包紮得很好。

是誰替他包紮的？這裡究竟是什麼地方？

他想坐起來，但胸膛上彷彿還插著一把刀，只要一動，就疼得全身都彷彿要撕裂。

他想呼喊，但這時門簾已掀起，已有個人端著碗藥慢慢的走了進來。

崔玉真。

她已脫下了她的道袍，身上是套青布衣裙，蛾眉淡掃，不施脂粉，眉目間卻帶著濃濃的憂思。

看見葉開已醒，她的眉也已開了。

「我怎麼會到這裡來的？」

葉開問出了這句話，立刻就發覺這是句廢話。當然是崔玉真將他救到這裡來的。

崔玉真已走過來，將藥碗輕輕的放在床畔的小几上。

她每一個動作看來都那麼溫柔，已完全不是那個隨著簫聲扭動腰肢的女道人。

葉開看著她，忽然有了種很安全的感覺，心也已定了下來。

但他卻還是忍不住要問：「這裡是什麼地方？」

崔玉真垂著頭，輕輕的吹著藥，過了很久才回答：「是別人的家。」

「是誰的家？」

「是個做茶葉買賣的生意人。」

葉開道：「你認得他？」

崔玉真沒有回答這句話，卻輕輕道：「你受的傷很重，我怕玉簫道人他們找來，只有帶你趕快走。」

她是個很細心的女人，想得很周到。

葉開若是留在那屋子裡，說不定也早已被一柄長劍釘死在床上。

崔玉真又道：「可是我第一次到長安城，一個人也不認得，那時天剛亮，我實在不知道應該帶你到什麼地方去。」

葉開道：「所以你就闖到這人家裡來了。」

崔玉真點點頭，道：「這是個很平凡的小戶人家，絕對沒有人想到你會在這裡。」

葉開道：「這裡的主人你當然也不認得？」

崔玉真只好承認：「我不認得。」

她說過，在長安城裡，她一個人都不認得。

葉開道：「現在他們的人呢？」

崔玉真遲疑著，又過了很久，才輕輕道：「已被我殺了。」

她垂著頭，不敢去看葉開。她怕葉開會罵她。

可是葉開連一個字也沒有說。

他並不是那種道貌岸然的道學君子，他知道若不是崔玉真，現在已不知死在誰的手下。

長安城裡，要殺他的人實在不少。

一個半生不熟的女人，冒著生命的危險救了他，又在全心全意的照顧著他，爲了他的安全，竟不惜殺人。

你叫他怎麼還忍責備她？怎麼還能罵得出口。

崔玉真忽然又道：「可是我本來並不想殺他們的。」

葉開等著她說下去。

崔玉真道：「我闖進來的時候，有兩個人睡在床上，我本來以爲他們是夫婦。」

葉開終於忍不住問：「難道他們不是？」

崔玉真搖搖頭，道：「那女的已有三十多歲，男的卻最多只有十七、八，我逼著他們一問，這孩子就說了實話。」

原來丈夫到外地買茶去了，妻子就勾引了在他們家裡打雜的學徒。

崔玉真的臉似已有些發紅，接著道：「這兩人一個背叛了自己的丈夫，一個背叛了自己的師父，所以我才會殺了他們，我……我只希望你不要認爲我是個心狠手辣的女人。」

葉開看著她，心裡忽然有了種說不出的滋味。

她爲他做了這些事，爲他冒了這麼大的危險，可是她並不要他感激，更不要他報答。

她唯一希望的，竟只不過是希望他不要看輕她。

他的看法對她竟如此重要？

葉開忍不住嘆了口氣，柔聲道：「我也希望你明白一件事。」

「什麼事？」

葉開道：「若有人認爲你這樣做得不對，認爲你是個心狠手辣的女人，那人一定是個僞君子，是個大混蛋。」

他微笑著，接著道：「我希望你相信我，我絕不是這種混蛋。」

崔玉真笑了。她笑的時候，就彷彿寒冬已忽然過去，忽然已到了春天。

「藥可以入口了，你喝下去好不好？」

她扶起葉開，就像是母親哄孩子一樣，將這碗藥一口口餵他喝了下去。

「這是我自己配的藥，我不敢找大夫，我怕別人會從大夫嘴裡查出你的行蹤。」

她實在是個非常細心的女人，每一點都想得非常周到。

葉開看著她，心裡充滿了溫暖和感激，微笑道：「我遇見你，真的是運氣，無論什麼事你好像都能想得到。」

崔玉真遲疑著，忽然道：「但我卻還是想不到她爲什麼要殺你？」

葉開的笑容黯淡了下來。

崔玉真道：「我知道我本不該提起這件事的，可是我實在想不通，你不顧一切的去救她，她爲什麼要對你下這種毒手？」

葉開卻又笑了笑，道：「我想……她一定有原因的。」

崔玉真道：「什麼原因？」

葉開道：「江湖中有很多邪門歪道的事，我說給你聽，你也未必知道。」

崔玉真道：「你難道連一點都不怪她？」

葉開搖了搖頭，道：「她這麼樣做，一定是被攝心術一類的邪法所迷，等她甦醒後，她一定會比我更痛苦，我怎麼還能怪她？」

他的聲音裡充滿了關懷。

別人幾乎一刀將他殺死，他卻還在關心著那個人清醒後的感覺。

至於他自己的痛苦，他卻連一點也不在乎。

崔玉真看著他，美麗的眼睛裡突然淚珠一連串流下。

「你在哭？」

「……」

「你爲什麼忽然傷心？」

崔玉真慢慢的拭了拭淚痕，勉強笑道：「我並不是傷心，我只不過在想，假如有一天，能有個人這麼樣對我，處處都替我想，那麼我……」

她沒有說完這句話，她的淚又已流下。因爲她知道自己是永遠也不會遇著這麼樣一個人的。因爲她知道這個人現在雖然在她懷抱裡，但心裡卻在想著別人，而且很快就會離開她。

她並不是嫉妒，也不是痛苦，只不過覺得有種說不出的感傷。

她已是個成熟的女人，她這一生都很寂寞。

寂寞，多麼可怕的寂寞……

冰冷的淚珠，一滴滴落在葉開臉上，但葉開的心裡卻在發熱，熱得發疼。

他並不是個鐵石心腸的人，也不是塊木頭。

可是他又能怎麼樣？

屋子裡漸漸黯了，黃昏已又無聲無息的悄悄來臨。

黃昏總是美的，美得令人心疼。

崔玉真將早上煮的冷飯，用醬油拌著吃了一碗，卻替葉開熬了鍋稀粥。

她紅著臉道：「我本來想買點人參來燉湯的，可是我……」

她沒有錢。葉開也沒有，他忽然注意到她本來插在頭上的一根碧玉簪已不見了。

「我本來想打開那櫃子，看看裡面是不是有銀子的，可是我又不敢。」

她實在是個本性很善良的女孩子，而且有一種真正的女性溫柔。

葉開慢慢的啜著粥，心裡忽然有了種奇妙的感覺。假如他只不過是個做小買賣的生意人，假如他們是夫妻，假如他們都沒有過去那些往事，他們是不是會活得更幸福？

可是現在……假如現在他也能拋開一切，假如她也願意永遠陪伴他，假如……

葉開沒有再想下去，他不能再想下去。寧靜的生活，對他永遠是種不可抗拒的誘惑，可是他這人卻偏偏好像生來就不能過這種日子。世上又有幾人能隨心所欲，選擇自己的生活方式？

夜色漸漸深了。他們都沒有說話，彷彿都在全心全意的享受這片刻寧靜。因爲他們都知道這種日子是很快就會結束的。

葉開什麼都不願去想，只覺得眼皮漸漸沉重，他流了很多血，他覺得很疲倦，而且很冷。

朦朦朧朧中，他覺得自己彷彿在漸漸的沉入一個冰窖裡。他冷得全身都在發抖，冷得嘴唇都發了青。可是她已將這裡所有的棉被都替他蓋上了——現在怎麼辦呢？

他的臉色愈來愈可怕，抖得就像是一片寒風中的葉子。有什麼法子才能使他溫暖？只要能讓他溫暖，無論要她做什麼，她都心甘情願的。她的臉忽然紅了。她已想到了一個法子，一種人類最原始的互相取暖方法。

葉開不再發抖，臉上也漸漸有了血色。然後他就發現，有個人正赤裸裸的睡在他身旁用力抱住了他。她的身子光滑而柔軟，熱得就像是一團火。

發現葉開的眼睛正在看著她，她臉上彷彿也燃燒了起來，「嚶嚀」一聲，將頭縮入了被裡。

葉開心裡是什麼滋味？那絕不是感激兩個字所能形容的，那已不是任何言語所能形容的。他感覺到她的身子也在輕輕發抖。但那也當然不是因爲冷。

窗外一片黑暗，冷風在黑暗中呼嘯，可是黑暗與寒冷都已距離他們很遠。

他們竟忽然有了一個完全屬於他們自己的世界，這世界裡充滿了幸福和寧靜。只可惜這種幸福就像是海市蜃樓，雖美麗，卻虛幻，又像是曇花的開放，雖美麗卻短暫。突然間，門被推開，一個人闖了進來。一個他們永遠也想不到的人。

燈還沒有滅。燈光照在這人臉上，這人的臉色是鐵青的，眼睛裡也充滿了憤怒的殺氣，恨恨的瞪著他們，彷彿恨不得一刀將他們殺死在床上。他們卻不認得這個人，連見都沒有見過。

崔玉真已失聲大叫：「你是什麼人？爲什麼闖到這裡來？」

這人恨恨的瞪著她，突然冷笑，道：「這是我的家，我爲什麼不能來？」

崔玉真怔住，葉開也怔住。

這一家的主人竟突然回來了。一個男人回到了自己家裡時，若發現有兩個陌生的男女睡在自己床上，無論怎麼憤怒，都是值得同情的。崔玉真本來也很吃驚，很憤怒，現在卻像是只洩了氣的皮球，連話都說不出了。

這人咬牙瞪住她，怒吼道：「我出去才兩個月，你就敢在家裡偷人了，你難道不怕我宰了你？」

崔玉真又吃了一驚：「你……你說什麼？」

「我問你，你爲什麼要做這種見不得人的事，這野男人是誰？」

難道這人的眼睛有毛病，竟將她看成了自己的妻子？

崔玉真道：「你……你是不是看錯人了？」

這人更憤怒：「我看錯了人？你十六歲就嫁給了我，就算燒成了灰，我也認得你。」

崔玉真忍不住大叫：「你瘋了，我連見都沒有見過你。」

「你難道還敢不承認是我的老婆？」

「當然不是。」

「你若不是我的老婆，爲什麼睡在我的床上？」

崔玉真又說不出話來。

這人又瞪著葉開，狠狠道：「你又是什麼東西？爲什麼和我老婆睡在床上？」

葉開也不知該說什麼，他忽然發現又遇著了件又荒唐又荒謬的事。他實在不知道這究竟是怎麼回事？

這人道：「幸好我是個寬大爲懷的人，不管你們做了什麼事，我都原諒了你們，但現在我既然已回來了，你總該起來把這熱被窩讓給我了吧。」

他居然真的走過來，好像已準備脫衣服睡上床。

崔玉真又大叫，用力拉住葉開：「我不是他的老婆，我根本不認得他，你千萬不能起來讓他。」

葉開當然不會起來，可是他該怎麼辦呢？一個人赤裸裸的躺在別人床上，遇見這種事，你說他該怎麼辦？就在這時，突然門外傳入了一陣大笑聲，一個人捧著肚子，大笑著走了進來。看見了這個人，葉開更笑不出來。

上官小仙！這個要命的人，竟偏偏又在這種要命的時候出現了。

請續看《九月鷹飛》中冊

九月鷹飛（上）

作者：古龍
發行人：陳曉林
出版所：風雲時代出版股份有限公司
地址：10576台北市民生東路五段178號7樓之3
電話：(02) 2756-0949　　傳真：(02) 2765-3799
封面原圖：明人出警圖（原圖為國立故宮博物館典藏）
封面影像處理：風雲編輯小組
執行主編：劉宇青
業務總監：張瑋鳳
出版日期：古龍珍藏限量紀念版2024年4月
ISBN：978-626-7369-45-6

風雲書網：http://www.eastbooks.com.tw
官方部落格：http://eastbooks.pixnet.net/blog
Facebook：http://www.facebook.com/h7560949
E-mail：h7560949@ms15.hinet.net
劃撥帳號：12043291
戶名：風雲時代出版股份有限公司

風雲發行所：33373桃園市龜山區公西村2鄰復興街304巷96號
電話：(03) 318-1378　　傳真：(03) 318-1378
法律顧問：永然法律事務所 李永然律師
　　　　　北辰著作權事務所 蕭雄淋律師

行政院新聞局局版台業字第3595號 營利事業統一編號22759935

國家圖書館出版品預行編目資料

九月鷹飛／古龍 著. -- 三版.--
臺北市：風雲時代出版股份有限公司，2024.01
冊；公分.（I小李飛刀系列）古龍珍藏限量紀念版
ISBN 978-626-7369-45-6（上冊：平裝）
ISBN 978-626-7369-46-3（中冊；平裝）
ISBN 978-626-7369-47-0（下冊；平裝）
857.9　　112019834